AF446421

EXLIBI EX LIBRIS IS EXLIB
ABCDEFGHIJKLMNO
ONMLKJIHGFEDCB

Il mio nome è gatto

GATTO, IL MIO NOME È GATTO

Il mio nome è gatto

Evelyne Nicod

GATTO, IL MIO NOME È GATTO

DICIOTTO RACCONTI ILLUSTRATI

MILANO

GATTERIA

MMXXII

GATTO, IL MIO NOME È GATTO

DI
EVELYNE NICOD

a cura di RODOLFO PARDI

Editore: Gatteria www.gatteria.it

Edizione cartacea 2
Data pubblicazione: 17 marzo 2022

ISBN 9791280330451

Copyright: © Evelyne Nicod 2003-2021

INDICE

10.	2012 Una bella famiglia	E' nata dispettosa e prepotente, ma la natura generosa nei suoi confronti, ...
11.	2013 C'era una volta ... Ciccia	Cullata da una sonnolenza deliziosa, la narratrice fissava il cielo ...
12.	2014 Silvestro ed il badante	Il suo nome da fumetto gli stava a pennello, bianco e nero come da copione, non bello, ma simpatico ...
13.	2015 Furia, l'intruso	Mimì, la tigrotta, sta montando la guardia dietro al portaombrelli del corridoio buio, il campanello ha già suonato due volte, chi sarà a quest'ora così tarda? ...
14.	2016 Rossolo, il valoroso	Siamo nel Puy-de-Dome, in un albergo circondato da un grande parco, molto rigoglioso ...
15.	2017 Mimmo e Mimì, i gemelli scatenati	Il mio nome è Mimmo, quello di mia sorella Mimì. Così fummo chiamati dai primi umani che ci presero in casa ...
16.	2018 Ciccia forever	Dopo varie esperienze "gattesche" finite in tragedia, fu deciso di non ricadere più in situazioni del genere ...
17.	2019 Dal diario di Ciccia	Ciccia, dopo sei anni di zitellaggio senza deroga alcuna, anzi, con una sempre maggiore combattività ...
18.	2020 Piuma	La montagna risplendeva nel suo manto verde di giugno ...

Fine Biografia Catalogo Copyright

PREFAZIONE A QUESTA EDIZIONE

Evelyne Nicod è conosciuta da trent'anni per le sue creazioni artistiche legate al mondo felino, dipinti e acqueforti, ne ha create più di 300, stampate a colori su una sola lastra, "à poupée", con un tradizionale torchio a stella.

Le sue immagini sono state utilizzate come illustrazioni per prodotti commerciali, come biglietti, cartoline, segnalibri, carte da gioco, tarocchi, scacchi, sottobicchieri, T-shirt e molto altro, con il marchio " Gatteria " .

Questo libro raccoglie 18 racconti illustrati pubblicati originariamente nei calendari della Gatteria ®, dal 2003 al 2020. I racconti sono ripresi integralmente, mentre le oltre 100 immagini rappresentano una buona selezione delle 200 pubblicate nei calendari, una minima frazione di quelle create.

Nella versione ebook molte sono a piena pagina e ben fruibili su un lettore monocromatico da 6", come la maggior parte di quelli disponibili attualmente in Italia. Ovviamente l'esperienza è molto migliore se vengono viste su un display a colori, come un Kindle Fire.

Le storie non sono diversi episodi dello stesso personaggio, ma brevi racconti con ambientazioni tutte diverse, dove il gatto fa da protagonista. Un'occasione di leggere quelle che avete perso (i calendari sono esauriti e introvabili) e di rivedere le immagini in tutti i loro dettagli. Buona lettura

Il mio nome è gatto

1 La famiglia

La vita di una gattina di campagna

2003

Un sole rovente piomba sul sasso graticola che funge da sdraio, la mia pelliccia brucia deliziosamente, pendo da tutte le parti, ma con eleganza, sono Celeste, la gatta rossa e bianca del fienile di sopra. Sento dire dagli umani che provvedono al mio cibario che sono una "selvaggia", ma tanto carina; hanno ragione, sono nata bellissima, come mia madre e le mie sorelle, è un dono ereditario. Senza falsa mode- stia i miei occhi mi danno parecchia soddisfazione, sono verde acqua, obliqui, luminosi e grazie al loro potere magico posso assumere varie espressioni redditizie:

- languida = due porzioni di cibo supplementari, più complimenti, più rincorsa e coccole imminenti (una volta al mese mi lascio prendere, ci vuole poco per fare felice un bipede)

- lancia fiamme, scappano tutti contenti, gridando: che carattere! = niente cibo, ma in compenso molto rispetto (ci vuole, ci vuole!)

- sguardo triste da malinconia dignitosa = coccole immediate seguite da pappa marrone con carne vera più schiuma di latte fumante e, ciliegina sulla torta, un maglione di mohair morbidissimo sulla panca sotto al mio fienile ...

Bisogna ovviamente alternare ad arte, il segreto consiste a dosare con sapienza dolcezza e scaltrezza, rabbia e affetto, dopo tutto non sono cosi male questi umani, dei grandi sempliciotti.

Nella mia lunga vita, per metà direi, mi affliggeva un grosso problema, grosso grosso, bianco e grigio, di nome Grigetto, un testone come una palla e la bocca all'insù che prende in giro il mondo intero, ancora adesso. Due o tre volte all'anno diventava bizzarro, mi correva dietro come un invasato ed io, stupida, mi scioglievo, molto molle e non so perché, mi trasformavo anch'io,  lo lasciavo venire da me nel fienile, ci avvinghiavamo come dei pazzi per giorni interi. Ad onore del vero, Grigetto non è male per un maschio, anche se poco fine nei modi, socialmente s'intende.

Sono una gattina di campagna molto per bene, e nella fattoria incontro dei maschioni anche formidabili, ma così zotici e acciaccati dalle troppe baruffe territoriali o amorose, che Grigetto al loro confronto sembra un mostro di raffinatezze. Mi dà sempre la precedenza su tutto, cibo, posto al sole, mi protegge, gli lascio credere di avere bisogno di lui, in realtà corro da velocista, non mi raggiunge nessuno, mai, le mie unghie sono cosi affilate che lacero le mie prede a striscioline e i miei denti sono aghi o chiodi, dipende della giornata. È bello, però, vederlo piazzarsi davanti a me, pronto a balzare addosso a chiunque mi voglia altro che del bene. Tutto sommato mi piace questo Micione.

A proposito, sapete come nascono i gattini? A un tratto divento grassa, grassissima, la fame mi divora notte e giorno, la pappina non basta più e devo cacciare di più, sempre di più, poi subentra un grande dolore che mi svuota, arriva allora un gufo bianco, dolcissimo che mi porta uno ad uno dei gattini in miniatura e li adagia sotto di me, taglio con i denti il cordone che li lega a me, lecco i loro corpicini per ore senza muovermi più.

E' strano, il gufo sparisce appena taglio il cordone, lo rivedo alla prossima cucciolata. Ho messo al mondo una quantità di gattini, però adesso non vedo più il gufo da tanti anni, in compenso una grossa cicatrice mi attraversa l'addome. La mia vita ora scorre tranquilla, Grigetto si comporta benissimo con me, molto educatamente mi viene a trovare, però abita per conto suo giù da basso, rispetta sempre le priorità, prima le signore, ho saputo che fa lo stupidotto con una smorfiosetta a pelo lungo, contento lui ...

Siamo andati l'altro giorno dentro il villaggio sul sentiero che porta alla Colmine, la vista è stupenda, abbraccia tutta la valle, con i ghiacciai che brillano sotto il cielo. Ci siamo sdraiati sul nostro muretto abituale vicino alla cappella, tenevo d'occhio la tana del tasso, le gobbine delle talpe nel prato e la legnaia vicina che mi rifornisce in topini grigi, freschissimi, an-

simanti, deliziosi, quando vedo arrivare verso di noi un gattone grigio e bianco identico a Grigetto con la stessa bocca all'insù. Ci fu una pausa, poi Grigetto è balzato fulmineo dal muro ed è partito a tutta velocità all'inseguimento del malcapitato, sparito poi nei fossi. Ieri è venuta a trovarci una bipede con in braccio una gabbietta di plastica abitata da una gattona identica a me, stesso muso, stessa pelliccia, solo la mole era diversa, quattro volte più grossa di me almeno, ad occhio e croce sugli otto chili. Sono rimasta allibita, non sapevo più che fare, una sosia peso massimo non si incontra ogni giorno, siamo quasi identiche, accipicchia. Ci siamo fissate per un bel po' di tempo, poi, mi sono avvicinata alla gabbia e l'ho annusata ben bene, con calma, era tanto grossa che mi sembrava di vedere me stessa in una lente d'ingrandimento, buffissimo. Ho amato subito il suo odore, il suo modo di porsi, è un'adorabile grassona. Hanno aperto lo sportello e ci siamo leccate con tenerezza, dolcemente ci siamo acciambellate una contro l'altra (come sembravo magra) e ho fatto un lungo sogno.

Era tanto tempo fa, Grigetto mi faceva una corte assidua da giorni, sette maschioni di tutti i colori mi fissavano allineati sul tetto del rudere, sono rimasti quattro giorni a picchiarsi, a urlare, una vergogna adorabile. Mi sentivo stupenda, facevo la passerella sulla grondaia, avevano tutti lo sguardo su di me e io fingevo di guardare il cielo; mi sommergeva un gran tumulto, ero felice da esplodere, ondulavo leggera, mi potevano ammirare meglio da giù, sembravo una regina. Stremata dalle emozioni, mi nascondevo qualche ora per riposarmi e dormiro. Quando ricomparivo, ero di nuovo meravigliosa, impalpabile, uscivo di nuovo allo scoperto e tutti i miei pretendenti mi aspettavano, mi incamminavo con lentezza, conturbante, esponendo al meglio la mia schiena morbida, i miei fianchi danzanti e le mie fini zampine mi rendevano irreale, li facevo impazzire di desiderio, laggiù sui loro gradini, e se per caso qualche audace tentava di avvicinarsi, lo sgridavo con una voce acuta, e correvo lontano senza più respiro a nascondermi di nuovo. Queste scene di seduzione duravano a lungo, impazzivo di gioia, finché Grigetto decise che era ora di piantarla e si mise a picchiare tutti i suoi rivali, i miei contendenti, ci perse un pezzo di orecchio destro, ferite incrociate sul naso e il suo manto sapeva di fogna, ma era Grande.

La sua zampa possessiva si posò sulla mia e mi dichiarò sua, e basta. Annuii dolcemente. Lui, di solito mansueto, era diventato feroce, non lasciava avvicinare nessuno, nemmeno i bipedi. Siamo rimasti avvinghiati per due giorni, mi ricordo benissimo, ci riposavamo, non mi lasciava andare un istante. Non avevamo ne fame ne  sete, eravamo assenti dalla realtà, consci del nostro presente come non mai.

Poi un po' alla volta si è allentata la nostra vicinanza, avevo una gran voglia di latte fresco. Grigetto lui, sognava di ritrovarsi da solo per farsi una dormita privata. Ci siamo salutati ed abbiamo ritrovato le nostre abitudini. Quell'estate, Grigetto rimase nelle baite, e non ci siamo più lasciati. Una notte è arrivato il gufo bianco, mi ha regalato tre gattini, uno come Grigetto, uno come me, e un tigrotto stupendo, con delle righe disegnate alla perfezione su un musetto uguale al mio. Ero madre per la prima volta.

Mangiavano tantissimo e io no, non osavo allontanarmi da loro, ero stanchissima, ma la felicità mi rizzava i baffi, sprizzavo fierezza da tutto il mio essere. I bipedi erano molto in pensiero per me, mi preparavano dei cibi speciali, molto corroboranti, però non mi facevo mai vedere da loro; eravamo nascosti sotto il tetto del granaio di un rudere abbandonato, non ci si poteva accedere da umani ne da animali grandi. La gelosia mi rendeva molto diffidente, e quando andavo a cibarmi non percorrevo mai la stessa strada. Dopo una decina di giorni i piccoli diventarono turbolenti, Tigrotto si scatenava, Junior difendendo la sua tetta mangiava di continuo, solo la piccola sembrava prediligere la solitudine, non le piaceva il chiasso dei suoi fratelli. Tigrotto l'adorava e la leccava sempre.

Era venuta l'ora di cercare uno spazio più ampio dove stare, non troppo arduo di accesso ai piccoli. Il trasloco fu breve, il granaio piacque subito a tutti, si passava da un buco per arrivare sul tetto, e là, meraviglia, si vedeva tutto senza che nessuno potesse avvicinarsi. Incominciò per me, un periodo molto delicato. I maschietti impararono la caccia all'uccello con molta

felicità, la piccola osservava attentamente, ma non passava mai all'azione, si rivelò una gran testarda, un po' superba, che non disdegnava l'adulazione di Tigrotto; Junior la considerava rivale di tetta, e perciò la pestava volentieri. I giorni passavano veloci, crescevano: Tigrotto discolo, Junior sempre più grassoccio, egocentrico, ma con la sua bocca all'insù, simpaticissimo, e la piccola una deliziosa, prepotente diva. I miei umani un giorno ci hanno visti sul tetto, e facendo tantissimi complimenti, gridavano: che belli! Venite giù, dai coraggio, vi aspettiamo! Io pensavo, fossi scema!

Così passò un'altra settimana, poi venne il grande giorno, spiegai loro che dovevano andare giù ad imparare ancora altre regole di sopravvivenza e tanti bellissimi giochi nuovi. Junior si chiedeva perché doveva lasciare un posto così bello come il granaio, Tigrotto, eccitatissimo, era il primo a voler scendere, la Piccola tremava d'ansia e non voleva darlo a vedere. Ero fiera di loro, e scelsi con cura in che momento apparire. La bipede non vedeva l'ora di prenderci in braccio, mi baciò tra gli occhi, dicendomi delle frasi irripetibili, mi strofinai sulle sue gambe, per mostrarle la nostra appartenenza reciproca. Lui, il bipede, faceva il duro, ma so che mi ama, e gli ho portato Tigrotto vicino. Sono comparse quattro ciotoline ricolme di paté, ignorate da Tigrotto e Piccola, ma Junior immerse il musino nella poltiglia e si leccò a lungo incredulo, non convinto, e mi guardò interrogativo. Dormivamo nel fienile, ci aspettava Grigetto, che si appollaiò sopra la trave per fuggire all'irruenza della truppa.

Sono cresciuti ogni giorno più indipendenti, a parte Junior che non resisteva alla sua poppata giornaliera e mi inseguiva finché gliela concedevo. Le giornate scorrevano felici, quando un giorno sparì la Piccola, aveva tre mesi. Una sconosciuta umana con gabbia era venuta nelle nostre baite, mise della carne fresca dentro la gabbia aperta, Junior partì a razzo, seguito  dalla Piccola. Junior allontanato, la Piccola fu rinchiusa dentro. La sentivo urlare, ero pietrificata. Due giorni dopo sono spariti Junior e Tigrotto. Ho fatto lo sciopero della disperazione, chi può mangiare col cuore che urla, poi mi sono rassegnata. Dopo questo lungo sogno mi sono risvegliata tristissima, con il fiato caldo della mia compagna di dormitina sul muso. L'ho scossa con una zampettata dolce per svegliarla, sarà mia figlia, poi? Sbadigliando mi guardò sorpresa, e disse: quanto sei magra, vivi qua? Le chiedo se vuole venire con me sui tetti laggiù, ci alziamo, e senza esitazione ci siamo

dirette nel granaio, al posto esatto dove si nascondeva dai suoi fratellini. Ero felicissima di rivederla, non si ricordava per niente di me, in compenso tutti i buchi e spazi le erano rimasti familiari. Mi raccontò di vivere in un grande appartamento, con balcone, ma senza giardino, in posto pieno di grandi palazzi, di andare in giro nella gabbia in una cosa che muove veloce, fa molto rumore e puzza tanto, di mangiare dei biscotti ipocalorici perché obesa (cosa vuol dire?). Mi confidò poi che i suoi umani sono molto affettuosi e la lasciano dormire sul letto e guardare le storie nella cassa in vetro, e che per giocare le hanno regalato un pupazzo di pezza. La guardavo interrogativa, perché non capisco niente di queste cose, però l'ascoltavo con educazione, la mia grossa, simpatica figliola. Ho un anno in più di questa poveretta, non sono mai andata più lontano del bosco dietro le baite, mangio la pappa marrone degli umani, e d'inverno mi danno la schiuma del latte, sono magra come un chiodo, agilissima, e dormo nel fienile. Caccio topi e qualche uccello, e perciò non so di cosa possiamo parlare con la Sosia cara.

La fisso bene nei suoi occhioni, la lecco dietro le orecchie, il suo odore è meraviglioso, il suo pelo è più folto e meno ispido del mio; poi, arrivò la sua umana che, sollevandola con fatica, la ripone nella cestona e ci salutiamo con il naso: addio miciona, ci siamo ritrovate e riperse senza stati d'animo, con piacere, senza dolore. Sono una contadina 

montanara, va benissimo così, ho seminato decine di gatti sparsi nel mondo. Sono felice di pensare che qualche traccia mia si ritrovi sul volto di un gattino lontano, magari al mare, che qualche bocca all'insù faccia impazzire qualche micia in pianura, di qua, di là, la vita è bella.

Quest'erba mi solletica il naso, ma sono tanto comoda sdraiata sulle foglie secche di faggio odorose, e fra due ore mi aspetta la pappa servita, credo che andrò più tardi a fare la posta a qualche topo, più tardi. Ron, ron, ron …

2 È nata una stellina

Una gatta in carriera

2004

Questa non è finzione, i personaggi di questo racconto esistono, eccome.

Dormicchio sul mio cuscino di piume e sonnecchio volentieri da qualche tempo, lustro il mio pelo lucentissimo aspettando con calma l'ora di cena. Detto così, sembra la definizione della noia assoluta, invece no, non ci siete proprio, o allora, poveretti, non siete gatto. Le ore scorrono tranquille, ormai sono anziana, compirò fra non molto vent'anni. Indulgo volentieri sul passato molto remoto, mi piace da morire, passo le giornate a rivivere a spezzoni le varie fasi della mia favolosa esistenza. Sogno ad occhi socchiusi, non si sa mai, potrebbe ancora accadere qualcosa di straordinario.

Sono stata stupenda, la parola è scarsa, ve l'assicuro, e soprattutto fortunatissima, lo sono ancora in modo vergognoso. Ci si fa l'abitudine e la sensazione è meravigliosa.

Non è merito mio praticamente nulla, questa lunga vita mi è stata regalata senza drammi né malattie, e adesso la mia vecchiaia non offende l'occhio né il naso di nessuno. Sono stata felice, anzi molto felice, ringrazio questo destino e mi piacerebbe farvene partecipi un pochino.

Sono nata, con mio fratello, dagli amori turbinosi di mia madre, una piccola rossina tutto pepe, giovanissima, alla sua prima maternità e da un grosso micione battagliero, a pelo lungo, bianco e nero. Mio fratello prese da papà la stazza imponente, la prepotenza, ma il suo pelo era nero, lucido e corto, il mio invece lungo di uno stranissimo colore, beige rosato, fece poi la

mia fortuna, con il taglio tanto obliquo degli occhi colore acquamarina. Grazie genitori miei, avete generato una personcina fortunata, stupenda, con un carattere forte, ma accomodante, un gioiello. Lo so, non si devono dire queste cose, ma a vent'anni mi posso permettere di non usare giri di parole, mi è andata bene anche perché sono bella ... a due mesi fui adottata da una coppia adorabile di sessantenni e persi i contatti con la mia famiglia d'origine. Siamo ancora tutti assieme, viviamo d'amore e d'accordo, un po' curvi, un po' acciaccati, ma senza grossi problemi senili, la nostra vita è soltanto meno "esuberante". Devo confessare che gli umani invecchiano con meno grazia di noi felini, ma non bisogna farglielo notare troppo, sono così suscettibili quando si tratta dell'età.

L'amore è scoppiato all'istante per tutti e tre, anche se prediligo le carezze di Papi. Quando ricevevano visite, sentivo le espressioni entusiaste al mio riguardo, e anche se gradivo compiaciuta i complimenti, mi rendevo conto che non era per merito mio, la natura era stata generosa con me, allora niente superbia.

Mi piace sempre essere apprezzata, è gattesco, normale. Il figlio dei miei amori, un giorno, sbarcò dall'America del Nord, dove viveva da molto tempo, lavorando nella pubblicità. Non mi conosceva ancora; sconvolse le nostre giornate, i suoi genitori gli erano molto affezionati, mi piacque subito e iniziò una dolce storia d'amore, sotto l'occhio tenero dei miei Papimami. C'era un unico neo in questo quadro idilliaco, non voleva sposarsi e dispiaceva molto ai suoi che capirono che non l'avrebbe fatto mai. Per me era la manna, avevo tre devoti invece di due, e per sempre. Si, lo ammetto, sono una grande egoista, ma nessuno è perfetto. Se ne stava per mesi negli Stati Uniti, e quando tornava da noi, la festa durava fino alla sua partenza; mi godevo la sua presenza minuto per minuto.

Un giorno, hanno litigato per causa mia, Figlio voleva farmi lavorare con sé e un suo amico fotografo. Papi era furioso "la modella falla fare a quelle creature chilometriche, ma lascia in pace Fiore"... pensavo tra me che sarebbe stato meraviglioso lavorare con Figlio, e che Papi fosse invidioso, non c'era niente di male dopo tutto e avrebbe potuto fare i fatti suoi. Non ve l'ho detto ancora, ma Fiore

sono io, mi hanno sempre chiamata così. Figlio ha capito che bisognava usare un'altra tattica per fare cedere Papi e Mami. Erano duri e fermi, la mia dignità di gatta era in gioco! Un giorno il fotografo scattò in casa un mucchio di cliché con me da protagonista, poi li regalò a Mami, che si divertì alla vista della mia immagine così ben ripresa.

Papi è un pittore molto famoso, un giornalista lo intervistò in casa e vide le foto sul tavolo, mi guardò a lungo con attenzione, e l'intervista si spostò su di me. Parlarono di me e di Papi sui giornali di tutto il mondo, dove figuravo in molti primi piani con le fotografie regalate. Tutti descrivevano la mia fotogenia come eccezionale. Di colpo andò tutto molto in fretta. Figlio convinse i suoi genitori che ero un talento naturale, una rarità. La posa davanti all'obiettivo risultava buona al primo scatto, mai melensa. Me la spassavo a sentirli. Viaggiavo in un trasportino foderato di scuro, impermeabile, molto imbottito scicchissimo. Mi nascondeva dalla vista, mantenendo la mia privacy, in compenso io vedevo tutto benissimo. Stavo diventando una diva, ancora piccola, ma sarei cresciuta, lo sapevo, stava nascendo una stellina.

Il mio musetto triangolare comparve sui muri delle città di tutto il mondo, ero la "testimonial" di una marca famosa di cibo per gatti (sono sicura che mi conoscete tutti, voi che leggete questa storia). La televisione non poteva ignorarmi, e incominciò a girare delle miniserie, molto seguite da un pubblico entusiasta, passavano prima del telegiornale. Papimami erano sbalorditi, piovevano delle offerte pazzesche per avermi sotto contratto; all'inizio rifiutarono sdegnati, poi accettarono regalando i miei guadagni a chi ne aveva bisogno. Papi è ricchissimo grazie ai suoi quadri, anche lui può reputarsi fortunato, è un grande artista riconosciuto, e non voleva approfittare di questa incredibile fonte di denaro. Però, siccome piove sempre sul bagnato, il cinema si interessò a me con delle proposte faraoniche, deposte sulle punte delle mie zampine.

Questa mia carriera è durata circa 12 anni, poi i miei hanno detto basta, ero in vetta a qualsiasi classifica: stampata su quaderni, tazze, T-shirt, libri, autobiografie pubblicate, TV, cinema, per fortuna non articolo che miao con modulazione monotona, se no, ci sarebbe anche la mia voce incisa su CD. Giuro che non sono mitomane, è

tutto vero, però non vi dico la mia vera identità, per il "fun" come dicono i pubblicisti. Sono ancora considerata una VIP e trattata di conseguenza. Le case di cibo per gatti, offrono delle cifre spropositate adesso per farmi fare un ultimo spot. Sono talmente anziana, e ancora così graziosa, con il mio pelo folto, che farei vendere qualsiasi pappa, rendendola appetibile, se la mangia Fiore, allora ... ebbene no, non si gira più niente. Non ho parlato, come avrete notato, della mia vita privata (tradurre amorosa) perché non ce ne fu alcuna.

Sono stata sterilizzata a nove mesi, dopo i primi segnali di agitazione che, da sentito dire, furono rumorosi, urlavo di gioia e non sono stata capita. Non manca quel che non si conosce, perciò non fu nemmeno un sacrificio. Per molti anni non sapevo di essere un gatto, vedevo solo degli umani. Non incontravo mai altri consimili, qualche cane mi è stato imposto davanti alla macchina da presa, ma non ci fu un altro gatto con me nelle storie televisive o al cinema. La mia indole non è mai stata portata alla promiscuità, né alla condivisione attiva, sono una solitaria che ama il silenzio dei suoi umani. Ci siamo scelti, nessuno si è imposto all'altro, mi hanno adottato e integrata con il mio consenso. Le porte possono rimanere aperte, non sono il tipo da fuga. Ci apparteniamo, è il nostro destino.

Vi racconto qualche pettegolezzo televisivo, storie di divi isterici, furiosi di passare in secondo piano dietro a un animale o del regista in soggezione davanti a me che, pur non amando per niente gli animali, doveva esaltarne le grazie, con un profondo senso di ribrezzo e di timore, glielo leggevo negli occhi, che buffo! Per lo più ricevevo caterve di coccole, e ho conosciu-to più persone gentili che carogne inferocite. Ho odiato solo un'attrice sexy, che voleva a tutti i costi farsi riprendere con me sul collo, per esaltare la felinità del suo sguardo vicino al mio e mettere in mostra il suo grosso seno più o meno scoperto. Era stupida, falsa, una iena, mi tirava la coda di nascosto, poi faceva la scema con il Figlio, non sapendo che a lui le sue bellezze non interessavano. Quando incomincio, sento che potrei scrivere un'enciclopedia di pettegolezzi felini, ma a voi queste bassezze non interessano ... a me, invece, fanno impazzire. Ora, sembra tutto vagamente remoto e un po' ridicolo.

I miei adorabili vecchietti hanno 84 anni ognuno. Papi non ci vede bene, ma dipinge ogni pomeriggio fino alle nove di sera; Mami legge, lavorava in una casa d'edizione, e non l'ho mai vista senza un libro in tasca. Amano molto la musica e l'ascoltano in penombra sprofondati in poltrona, ed io sono sempre in grembo a Papi. Figlio ha compiuto sessant'anni, è sempre bello e carino, fa molto sport, cura la sua salute, vive nell'appartamento a fianco al nostro e cena da noi tutte le sere. Matilde, si occupa di tutti noi, pulisce, cucina, coccola, accudisce noi e le nostre stranezze. Dormo da anni sul sofà, diventato mio, nessuno ha mai osato violare la mia proprietà. Questo si chiama una bella vita, bellissima vita, vi abbraccio tutti.

3 Gigi il magnifico

Nessun limite all'arte di arrangiarsi

2005

Sembrava un topo gigante per il colore del mantello, ma il suo incedere elegante, lo sguardo orgoglioso color topazio, ne facevano un esemplare di classe, un prodigio di banalità sublimata. Nacque in una cittadina situata al crocevia di molte valli, circondata da alte montagne e ghiacciai, scenario di grande bellezza naturale. Era il terzogenito di una cucciolata di quattro gattini, unico grigio in una famiglia di un bel rosso fiamma. Gran bevitore di latte materno, dimostrò dal primo giorno di possedere uno spirito indipendente e libero, divorato dalla gioia di vivere e da una curiosità illimitata (si potrebbe anche dire prepotente e petulante). A tre mesi compiuti, una domenica di giugno, si introdusse in una macchina ferma in un cortile con il finestrino abbassato. La morbidezza dei tappetini lo riempì di gioia e si appisolò beato sotto un sedile. Un rumore secco di portiera lo svegliò di colpo, la macchina si mise in moto, ronzando nelle sue orecchie. Il cuore gli batteva forte dall'eccitazione, e un pochino per la paura, però rimase nascosto senza fiatare.

Il viaggio sembrò interminabile e soprattutto pieno di curve; si teneva attaccato al tappeto con le unghiette, le orecchie abbassate, e un senso di oppressione nel petto. Poi di colpo il rumore smise e la macchina si fermò, la portiera si aprì, Gigi si gettò fuori tra i piedi del guidatore ignaro, e fuggì in un lampo, accecato dalla luce violenta. Non c'era una nuvola nel cielo azzurro, quasi indaco, si nascose sotto un cespuglio per riprendere fiato. Non c'era più ombra di spavento nei suoi occhi, solo meraviglia, sbalordimento, il cuore gli martellava dal piacere.

Era troppo tutto: il sole, l'odore dell'erba così tenera appena cresciuta; l'altitudine segnava 1600 metri, un laghetto scintillava davanti alla grande baita dell'alpeggio. Decine di mucche pascolavano, sorvegliate a vista da due cani pastori bianchi. In lontananza un uomo pescava sull'argine dell'acqua. Gigi si inebriò dell'aria sottile che il suo naso diffondeva nei polmoni. Scoppiò di felicità pura. Sembrava impossibile una tale perfezione visiva ed

olfattiva. Incominciò la perlustrazione; calcava l'erba per la prima volta, perciò molto cauto, impacciato, alzava un po' troppo le zampe, inalava da intenditore senza perdere di vista il circondario. Piccolo com'era, spariva nei botton d'oro, l'erba e le margherite gli solleticavano i baffi. Si addormentò sfinito sotto un larice, colmo della sovrabbondanza di emozioni.

Fu svegliato dal freddo e dalla fame. Si vedeva, vicino alla baita, un movimento di persone che spingevano le mucche all'interno, e lui si presentò, nella maniera più naturale del mondo, all'ingresso della stalla miagolando disperatamente, con quel tono di voce che va diritto al cuore degli umani: mi-a-ooo!!

Una ragazza bionda lo prese in braccio, baciandolo sulla testa, sussurrando le solite inezie. Rispose da bravo anche lui con sonori ron ron. Felici tutti e due, il problema del cibo fu così risolto. Biondina lo portò dappertutto sulla sua spalla, lo presentò al marito, quello che portava il latte, tagliava la legna, e l'accarezzava di nascosto. Le mucche lo guardavano senza smettere di masticare, solo i due cani non sembravano entusiasti della sua presenza. Sarebbe stata dunque sua cura sedurli in fretta, per quieto vivere. Prese possesso di una sedia coperta di un cuscino verde tra la porta e il camino, che rimase a suo uso esclusivo per tutto il tempo che soggiornò all'alpe.

L'indomani le sorprese furono numerosissime, c'era un mondo nuovo da scoprire. Osservò per ore il pescatore, poi si nascose dietro di lui e imparò in fretta con un'unghia veloce a rubargli il pesce che deponeva nell'apposito cestino al suo fianco. Divenne poi il suo passatempo preferito. Nell'alpeggio l'attività iniziava molto presto, all'alba, con le mucche da mungere, il burro e il formaggio  da preparare, la legna da tagliare, le mucche da sorvegliare perché la ripidezza dei pascoli non consentiva di lasciarle sole, il tempo degli umani era contato, per il micio invece ogni secondo era un regalo buono e semplice. Si impegnò con qualche topo che portò puntualmente alla Biondina, che lo ringraziò con qualche leccornia.

Verso sera il lago impazziva un po' alla volta, Gigi rimaneva affascinato dallo spettacolo dei pesci che saltavano in alto nell'acqua agitatissima, a centinaia eseguivano questo balletto acquatico. Rimaneva sull'argine, come ipnotizzato. Nelle giornate limpide, con il calare del sole le trote prendevano delle sfumature dorate, abbaglianti, era anche il tempo del loro festino che consisteva nel catturare i moscerini, a beneficio del nostro spettatore privilegiato.

Ispezionando i dintorni capì che il suo bel musetto poteva non piacere a tutti, e che gli agguati erano all'ordine del giorno un po' dovunque. Volpi, cervi, camosci, erano all'erta, con ragione, perciò anche lui doveva imparare a comprendere il modo di sopravvivere in mezzo ai pericoli quotidiani. Questa vita di gatto di montagna piaceva sì e no a Gigi, poiché le condizioni atmosferiche erano tipiche della zona, vale a dire piovosissime. Dopo tre giorni consecutivi di acqua scrosciante, Gigi decise che era giunta l'ora di andarsene a valle.

Senza uno sguardo se ne andò tranquillamente, pieno d'amore per la gentile famiglia, ma anche senza rimorsi, la sua vita doveva proseguire. Scese di ben trecento metri d'altitudine, bevendo nei ruscelli, guardando tutt'intorno le ripide pareti rocciose, le cascate, e giù il torrente che cresceva di larghezza, e decise che doveva fermarsi vicino al fiume (per giocare con i

pescatori). Si trovò davanti a un grosso caseggiato, con un pergolato d'uva americana, le finestre stipate di gerani, e un grande portone aperto; dovunque lo sguardo si posasse incontrava dei gatti di tutte le colorazioni e grandezze, rossi, beige, neri, bianchi, a pelo lungo o raso. Gigi non ci poteva credere, era finito nella casa dei gatti. Però nessuno dei suoi simili lo degnò di uno sguardo. Era ignorato, il nostro Gigetto. Non era un asilo di lusso, ma un grande agriturismo a conduzione familiare, persone particolarmente amanti dei gatti e degli animali in genere, adiacente a un santuario dove l'acqua non era santa, ma molto apprezzata da passanti e pellegrini per le sue proprietà diuretiche. Gigi tuffò la testa sotto alla fontanella, e si sentì pieno di gioia di vivere, ma questo era in lui un dono di natura.

Non fu accolto dagli umani con un delirio di gioia, nutrivano già sette gatti e tre cani, ma aggiunsero una nuova scodella sotto al pergolato. Vigevano delle regole molto severe da non eludere, per esempio: non stuzzicare le femmine, non fare finta di non capire, non gironzolare nella sala da pranzo con aria da mendicante, stare alla larga dai cani, e lasciare perdere i turisti. La cucina poi era rigorosamente proibita.

Questo posto era frequentato d'estate da numerosi ospiti di passaggio, perciò l'organizzazione non tollerava perdite di tempo, e i gatti (chissà come?) non disturbavano mai l'andamento del lavoro e facevano una vita da nababbi. Gigi stava crescendo, diventando grasso e quasi un giovanotto. I primi batticuori alla vista delle micie lo rendevano isterico, un bel tramonto non lo commuoveva più di tanto. S'innamorò di tutte e sette le femmine che l'avevano preceduto nella tenuta. Infatti, era il primo maschio capitato lì per caso. L'anno precedente si erano presentate due femmine incinte che avevano messo al mondo altre cinque femmine. Furono sterilizzate in fretta, così il nostro Gigi si ritrovò con i suoi bollenti spiriti, attorniato da sette gatte furiose di essere inseguite da un ossesso. Non veniva apprezzata la sua virilità così sbandierata. Le sette gatte si coalizzarono per tenere alla larga il povero Gigi frustrato e sempre più invadente. Alla fine decise che questa vita di lotta non era compatibile con la sua natura, perciò se ne andò un pomeriggio assolato, un po' triste, ma dopotutto domani è un altro giorno, diceva Scarlett O'Hara, perché preoccuparsi?

Dopo due giorni di cammino si ritrovò in un villaggio quasi abbandonato, davanti a una fontana, sembrava disabitato, però tra gli alberi si intravedeva una grande fattoria. Ormai aveva capito perfettamente come farsi adottare; la tattica rimase identica alle volte precedenti: sguardo liquido, miagolio implorante, aria dimessa, ma non troppo. In un batter d'occhi di solito era fatta, arrivava un piatto di delizie. Però non c'era una donna da sedurre, ma due robusti uomini, uno sui sessant'anni, l'altro sulla quarantina scarsa. Dovevano essere padre e figlio. Si strofinò contro i pantaloni ruvidi del più giovane, che lo scostò in malo modo; se ne andò di corsa vicino alla porta della stalla, sopra una catasta di legna, e prese un'aria distaccata e superba. Il padre sorrise, lo chiamò in dialetto mostrandogli una scodella piena di mollica di pane inzuppata di latte.

Senza fretta s'incamminò verso la scodella, annusando perplesso la poltiglia grigiastra, la leccò tutta con cura, e fu adottato senza smancerie. La dieta rimase spartana, croste di formaggio, pane e latte, qualche raro avanzo di pasta. Sognò a lungo i pasti pantagruelici dell'Agriturismo, e perse peso in fretta. In compenso due gatte, una tricolore, l'altra rossa, lo festeggiarono con esuberanza, eravamo in settembre. Qualche residuo d'amore non soddisfatto prese il sopravvento sullo stomaco semivuoto. Gigi si buttò con entusiasmo nelle gioie della riproduzione della razza. Il terzetto non si separava mai, uniti d'amore e d'accordo; le due micie non credevano nel possesso, perciò non soffrivano nemmeno di gelosia. Rimase per Gigi uno dei mesi più felici della sua vita. Erano liberi, dormivano nel fienile, i sensi erano soddisfatti, il cibo lasciava a desiderare, ma dopo tutto lo stomaco veniva placato, se non altro. Perlustravano la zona, le gatte lo portavano nelle loro riserve di caccia; sparirono molti uccelli, diventarono feroci assalitori di topi e talpe. I due contadini adoravano questi tre felini, grazie a loro il formaggio non veniva rovinato nelle cantine, le riserve rimanevano intatte, perciò ogni tanto una scodella di schiuma di latte veniva offerta con cerimonia.

Visse nella fattoria tre anni, le due micie misero al mondo qualche nuovo grigetto identico al loro padre. Nel frattempo era arrivato un cane lupo straordinario, divenne il compagno preferito del più giovane degli uomini. Partirono per l'alpe a fine maggio con le pecore e le mucche. Di solito il contadino più anziano stava da solo nella fattoria con i

gatti e le galline. Tra Gigi e Max il lupotto era nata un'amicizia assoluta, si capivano al volo, diventarono inseparabili. Gigi lasciò le micie gravide nella fattoria, e partì con Max e il gregge per l'alpe. L'estate fu molto calda, a lungo, così rimasero in quota fino all'inizio di ottobre. Una visitatrice lasciò il suo fuoristrada parcheggiato dietro la stalla, e il nostro Gigi, che adorava sempre fare un pisolo al caldo, si introdusse anche questa volta dal finestrino. Fece dei sogni bellissimi, finché non sentì muovere l'abitacolo, che sobbalzava sulla mulattiera caotica. Gigi scivolava di qua, di là, aggrappato a uno zaino poggiato dietro al sedile. Quando il movimento finì, stava talmente male, che si mise a miagolare disperatamente. La ragazza alla guida si fermò di colpo e scoprì il povero Gigi tutto scosso, lo stomaco in disordine, senza più volontà alcuna. Lo prese in braccio, aprì il finestrino e gli fece respirare l'aria fresca, strofinando con dolcezza la sua schiena. Però il terrore, che un tempo l'avrebbe spinto a correre via, gli annebbiava la volontà di fuggire. Così si trovò sdraiato in una stanza luminosa, su una coperta di lana morbidissima, dove si addormentò per il malessere che lo attanagliava, ma soprattutto per lo sconforto.

Rimase tre giorni sdraiato, senza volontà, non toccò né cibo né acqua. Luisa, la ragazza della macchina, aveva chiamato il veterinario, che diagnosticò uno spavento con la S maiuscola. Quando il suo sguardo incominciò a vivacizzarsi, riprese a nutrirsi, e visitò la casa. Scoprì, con sgomento, di essere l'inquilino di un piccolo appartamento di tre stanze con un terrazzino, al settimo piano di un grande palazzo, circondato da un giardino fiorito. Che ne sarà di me, si disse, che ci faccio in questo posto senza Max, le micie, poi, aiutato dalla sua natura "carpe diem", divorò una scatoletta intera di paté delizioso. Fece la pipì in una cassetta di plastica colma di sabbia, che grattò un bel po' spandendola tutt'intorno. Luisa rise di cuore vedendolo redivivo, lo coprì di tenerezze, ed il nostro Gigi, poiché era molto fortunato, condivise la vita di un'allegra personcina, traduttrice di professione. Passava giornate intere davanti al computer, Gigi al suo fianco. Però fu deciso che la nuova vita richiedeva un sacrificio. Luisa lo portò dal veterinario, e da lì si aprì un nuovo capitolo nell'esistenza di Gigi, gatto castrato di città. Visse a lungo, abbastanza felice, gran sognatore ad occhi aperti, Gigi il magnifico.

Il mio nome è gatto

Il mio nome è gatto

4 Tea, gatta metropolitana

Viene descritta la relazione di una gatta birichina con l'amorevole famiglia che la ospita in città.

2006

In una notte di luna piena, limpida, nel cortile di un garage del centro della città, micia rossa mise al mondo in mezz'ora tre gattini identici a lei. Quando furono scoperti dal garagista, la mattina presto, avevano quattro ore di esistenza. Il suo cuore tenero non resistette alla vista della maternità felina, e si affrettò a preparare alla neofamigliola una cuccia degna di quel nome. In seguito li accudì con amore e perizia, e questo diede a pensare

che una stella della fortuna brillasse solo per loro. Crescevano sani, robusti e stupendi come la loro madre, una bestiolina di misura media a pelo lungo color miele rosato, morbido alla carezza, e con degli occhi obliqui a sfumatura di labradorite.

La piccola Tea un giorno sparì, mettendo in agitazione sua madre e il povero garagista. Fu ritrovata sotto il sedile anteriore della macchina di un cliente, che telefonò immediatamente la buona notizia, e chiese il permesso di tenersi la fuggiasca, se fosse possibile ...

Favola, direte, perché no? La cosina pelosa fu porta-

ta a casa come un tro-
feo prezioso, lei non ci
fece caso, o perlomeno
non lo diede a vedere,
non sembrava nemme-
no sorpresa della nuova
piega che prendeva la
sua vita.

Seduta in mezzo a
un divano come una
principessa, si guardò
intorno, regale. Le fu
presentata la famiglia
al completo: una don-
na di una quarantina
d'anni la toccò per pri-
ma con dita delicate
tra le orecchie, poi un'altra più anziana la prese
nell'incavo del braccio e la baciò, mentre lei nascondeva
la testa per la vergogna, infine una bambina la strappò
alla nonna e le strofinò il musetto contro il naso. Tea a
quel punto si mise a soffiare, arrabbiata e offesa. Quella
gente andava educata e subito, si prendevano troppe
confidenze, diamine, per un primo incontro. Ci vuole
più tatto umani, non siate così irruenti!

Ci mise una settimana a perlustrare la casa e definire bene il ruolo di ciascuno. Il suo cuore batteva forte
per Misia, la padrona di casa, e non le dispiaceva Paolo,
unico maschio del gineceo, fonte inesauribile di giochi
acrobatici. Nonna Tilde, con il suo delicato odore di ti-

glio, l'accoglieva, schiacciandole il musetto contro il collo, per dei pisolini pomeridiani da favola. Nina, la piccola, le permetteva di occupare la metà della scrivania dove faceva i compiti. Con un balzo si sdraiava sotto la lampada, le zampe anteriori allungate comodamente, e osservava per ore il movimento della penna sui fogli, acchiappando ogni tanto una lettera con gesto fulmineo e trionfante. Si divertivano tutte e due, complici. Gina, la coordinatrice di casa, il perno attorno al quale ruotavano tutti, la lasciava dubbiosa. Lei, Gina, non si lasciava sedurre così facilmente, la donna andava analizzata con attenzione.

La Famiglia viveva in un appartamento con terrazzo, situato all'ultimo piano di un palazzo antico nel centro storico della città: cinque stanze da letto, due studi, un salone, una sala da pranzo, una biblioteca, una cucina e diversi ripostigli componevano questo superattico. La cucina luminosa, con un maestoso camino messo in evidenza da Misia, dava tono a questo luogo elegante. Due portefinestre si aprivano sul terrazzo sistemato a mo' di selva, in un finto disordine accogliente. Sembrava un sogno, ma nemmeno i proprietari di questa magnificenza scherzavano. Paolo e Misia erano architetti, Paolo creava dei giardini meravigliosi e, per la sua bravura, si era fatto apprezzare nel mondo, Misia, artista sensibile, dava anima alle case troppo estetizzanti dei suoi clienti facoltosi. Tilde, madre di Misia,

era giornalista, single e viaggiatrice, nell'ordine, da sempre. A 72 anni, forse scriveva un po' di più, però per sei mesi l'anno spariva in giro per il mondo. Nina, adolescente di 14 anni, non sapeva ancora dove indirizzare i suoi interessi, la musica sembrava attirarla più di tutto, suonava molto bene il violino e la chitarra. Poteva andare peggio alla nostra Tea! La sua vita sarebbe stata paradisiaca, se non fosse stato per la mania che avevano tutti di viaggiare in continuazione, col risultato di lasciare Tea in balia di Gina, gentile ragazza veronese che amava i gatti nel cortile della fattoria dei suoi genitori, ma non ne capiva la necessità in città. Da piccola aveva accudito il cane pastore di suo padre, per il quale stravedeva, però mai nessun gatto aveva stuzzicato il suo senso di tenerezza.

Nella grande casa non vigeva una quieta routine scandita da orari rassicuranti, ma si passava dal silenzio al caos perché l'ospitalità veniva usata senza parsimonia.

Per qualche mese Tea si scelse i suoi punti fermi, dormendo sulla sponda del letto di Misia, presente lei o meno, e mangiando a orari fissi: il primo spuntino fresco inderogabilmente alle 6 di mattina, alle 13 il pranzo, alle 18 la merenda, e la cena alle 20.30. Impose con prepotenza questa routine a Gina, restando ferma davanti alla ciotola con sguardo torvo se la trovava vuota. Non toccò mai carne, ma mostrò una predilezione per il nasello lesso, che le durò finché non scoprì il tonno. I suoi numerosi pisolini erano distribuiti durante la giornata secondo un rituale puntiglioso: al mattino sul terrazzo, sopra il tappeto di vimini accanto al gelsomino, nel primo pomeriggio, terminate le pulizie rumorose, nell'angolo buio del camino di cucina, arrotolata dentro un plaid di mohair e fuori dalla portata di chiunque. Quando Tilde

era presente, si precipitava nella sua camera per gettarsi sulle sue spalle e odorarla rapita, eseguendo un balletto amoroso molto languido che terminava invariabilmente in un sonnellino beato. Quando Tilde non c'era,
si stendeva lunga lunga sullo scaffale vicino alla finestra del salotto, dal quale teneva d'occhio la strada e
l'eventuale arrivo di uno dei suoi affetti. Passò così dei
mesi ad aspettare Paolo, Misia, Tilde, Nina. Appena ne
sentiva i passi, correva veloce davanti alla porta
d'ingresso e, quando si apriva, abbassava le palpebre
miagolando dolcemente. Ognuno della Famiglia saluta-
va la piccola a modo suo: Misia si inginocchiava per ba-
ciarla, Paolo la sollevava in alto, Tilde la adagiava sulle
spalle, Nina le lanciava una pallina appena entrata.

Erano tutti molto espansivi e portati a sdramma-
tizzare, nessuno si crogiolava nella melanconia, l'atmosfera tendeva all'allegria. Non mancarono i periodi dif-
ficili, le malattie, i lutti, dispiaceri vari, ma mai nessuno si chiuse nel proprio dolore. Avevano un gran dono,
l'amore per la vita e per gli animali, ne godevano con
generosità, senza proselitismo.

Tea, da brava gattina di città, occupava le sue giornate a osservare dalla finestra il via vai sottostante.
Ogni rumore le trasmetteva delle informazioni
sull'andamento della giornata, era il suo modo di leggere il giornale. Si rivelò una cacciatrice di uccelli accani-
ta. Il terrazzo, un tempo brulicante di passerotti, dopo
una strage raccapricciante rimase silenzioso, a eccezio-
ne di un pettirosso particolarmente coraggioso o tonto.
A partire dal mese di maggio, tutti i membri della Fa-

miglia usavano consumare la prima colazione sotto il glicine, dove il pettirosso dava dei concerti al massimo della sua arte. I suoi vocalizzi coprivano la scarsa conversazione. Tea simulava indifferenza, tradita da uno sguardo lanciafiamme. Per più di un mese il grande cantante deliziò i commensali, finché una mattina il silenzio li accolse, e trovarono sotto il piede del tavolo due zampine e qualche piumetta. Tutti gli sguardi si fissarono sulla presunta assassina, ricambiati da quest'ultima con disprezzo glaciale.

Un amico di Paolo, tale Mario, da anni frequentatore assiduo di Via M*, che non si separava mai dal suo labrador, venne accolto con una tensione sconosciuta in questo posto. Le porte furono chiuse con cura, e Orso, il labrador, si mise ad abbaiare come un forsennato dietro la porta del salotto dove Tea era stata isolata col cuore in subbuglio. Erano tutti ostaggi di questi due energumeni. Tea furiosa soffiava e sputava come una randagia di bassa leva, e Orso si lasciò scappare una pipì rabbiosa sul tappeto. Il galateo animalesco raccomanda spazi aperti per questo genere di presentazioni. Un po' per volta il caro Orso smise di abbaiare e raspare come un diavolo, Tea preferiva sparire sotto un qualche letto. Non divennero mai amici, ma di comune accordo si ignorarono rispettosamente per tutta la vita.

Tea si impose in un anno come la vera padrona di casa, selezionando con cura i visitatori graditi e non, lasciando di sasso e non di rado imbarazzatissimi i suoi umani. Riconosceva istintivamente la falsità, i finti complimenti. La sorella di Tilde ne fu la prima vittima. Si chiamava Anna, era vedova da trent'anni. Madre di due figli maschi, padri a loro volta di cinque femmine, viveva a Roma e usava visitare i suoi nipoti e la sorella due volte l'anno, nei mesi di maggio e ottobre. Era molto piccola di statura, con un carattere temprato nell'acciaio. Le due sorelle, vissute in mondi diversi, si sopportavano talvolta con difficoltà, soprattutto quando la conversazione si avviava sull'educazione della nipotina (almeno una decina di volte il giorno).

Un diverbio assai pesante, le mise l'una contro l'altra, a causa di Tea, per cambiare. Anna odiava il mondo animale, soprattutto i gatti ... chiudeva a chiave la porta della sua camera e, con pedatine discrete, bene assestate, riusciva a escludere Tea da tutte le stanze. La micia seguiva tutti i suoi gesti, non la perdeva mai di vista, la pedinava a distanza, osservandola con lo sguardo che riservava agli uccellini. Una sera, mentre prendevano l'aperitivo in salotto prima di passare a tavola e Anna era seduta su una poltrona bassa, Tea le si drizzò davanti. Si mise ad urlare con uno strano miagolio di gola, il pelo irto, sputando, gonfia, la coda enorme, impedendole di passare. Anna livida, terrorizzata, il pugno in bocca, tremava. La guardavano tutti esterrefatti, non era mai successo niente di simile con nessuno dei loro conoscenti. Tilde ordinò con severità a Tea di smettere, ma dalle due pupille enormi, dilatate che la fissavano, capì che si trattava di vendetta. Le parlò con dolcezza, e facendo scudo con il suo corpo si intromise tra la gattina e sua sorella ormai sul punto di svenire. Passò più di un quarto d'ora prima che il pelo e la coda di Tea tornassero normali. Si strofinò poi sulle gambe di Misia, guardandola con devozione, strizzando gli occhi, ammiccando. Capirono tutti che Anna, di nascosto, trattava male l'odiata gattina e scoprirono che aveva pure tentato di gettarla fuori casa, sperando di sbarazzarsene per sempre. Lo ammise, con lacrime rabbiose. Non tornò più in città e Tilde prese l'abitudine di farle visita una volta l'anno a Roma.

La passione di Tea, contraccambiata con ardore, si chiamava Misia. Si capivano al volo, avvertivano le stesse sensazioni, odiavano gli stessi odori, persone, situazioni, avrebbero potuto scambiarsi, la gatta con l'umana. Si ritrovavano l'una nell'altra, due grandissime Narcise. Litigavano anche furiosamente per poi fare la pace con delizia.

Misia si beava della presenza di Tea, chiedendosi come aveva potuto vivere senza di lei in passato: la sua vita grazie alla gattina si era arricchita in modo imprevedibile. Le si aprirono una quantità di percezioni sconosciute in precedenza: si addormentavano abbracciate, la testa di Tea contro il collo e un dolce ronron a mo' di ninnananna. Il risveglio, anche se molto mattutino, a suon di bacini gatteschi all'altezza degli occhi, faceva presagire un buon inizio di giornata. Quando si sedevano per lavorare, Misia si sistemava sul bordo della sedia, lasciando libero uno spazio per la compagna silenziosa che le si schiacciava contro la schiena. Se Paolo, disteso accanto a Misia sul divano, la cingeva col braccio per farle qualche coccola, svelta la brava Tea balzava a piazzarsi tra loro due con un occhio accusatore. La sua possessività non ammise mai deroghe e andò avanti per tutta la sua lunga vita.

La parte prettamente ludica del quotidiano veniva riservata all'uomo di casa, che eseguiva a menadito le consegne tacite della sua mansione. Ma un giorno Paolo fece cadere un ravanello, che rotolò sotto il tavolo. Tea lo inseguì come un'invasata, giocandoci a zampe in aria, eccitata oltre ogni dire, per poi riportarlo e farselo tirare il più lontano possibile. Andò avanti per parecchio tempo, sembrava instancabile questa maratoneta da riporto, finché il nostro umano chiese pietà e gettò il ravanello nella pattumiera, dove la micia si mise a cercarlo con accanimento ricoprendosi di detriti. Non ammetteva varianti al gioco, se non qualche colpo di zampa per snidare i vari ravanelli finiti sotto i mobili con dei tiri lunghissimi. Fu l'unico sport che praticò con perseveranza ogni giorno, facendo impazzire l'addetta alle pulizie, che non ne poteva più di raccogliere questi raggrinziti ortaggi in posti impensabili. Tentarono invano di usare delle palline di carta, plastica, gomma, non ne volle mai sapere: ravanello o niente.

Veramente qualcosa d'altro una sera catturò la sua attenzione. C'erano degli amici intimi a cena, Gina preparava un risotto in cucina, la gattina saltò sopra il frigorifero, si mise qualcosa di grigiastro in bocca e corse via come un lampo per depositare il bottino ai piedi dell'ospite prescelto; quest'ultimo si chinò per vedere di che si trattasse, intercettato al volo da Paolo, che prese la "cosa grigia" in mano e sparì di corsa invece che tirarla, inseguito da Tea trotterellante alle calcagna. Arrivò da una Gina infuriata, che cercava invano il tartufo depositato con cura nel piattino ormai vuoto. Allora Paolo, aprendo la mano e ridendo disse: miracolo. Risero tutti e due, tanto che furono raggiunti dal resto della compagnia che si chiedeva il motivo di tanta ilarità. Tea fu l'unica a non apprezzare quello stupido scherzo, dopotutto aveva trovato un surrogato all'amato ravanello, o no?

Nina la piccola, accompagnandosi alla chitarra adorava cantare delle vecchie canzoni americane in voga ai tempi della gioventù di sua nonna. L'inno sudista, chiamato Dixie, mandava in visibilio Tea, che chiudeva gli occhi di soddisfazione. Paolo un giorno, fischiandolo abbastanza male, vide arrivare di corsa la gattina che lo guardò imbambolata. Nessuno dette troppo peso alla

faccenda, finché non si accorsero dell'effetto che il motivo produceva sulla micia: ogni volta che lo sentiva fischiare sembrava ipnotizzata. Venne dunque usato per chiamarla, calmarla, divertirla. Servì anche per rabbonirla in macchina quando muggiva di rabbia, e funzionò sempre talmente bene che divenne l'inno di Tea.

Umani e animale vissero a lungo felici "finché morte non li separò", arricchendo il quotidiano di mille sensazioni lievi, evanescenti, con amore costante fino all'ultimo fiato di vita

5 La vera vita di Marie e Bella

Nel dopoguerra, vengono descritte le vite parallele di una bambina e di una gattina, nate nello stesso giorno.

2007

Era il 17 marzo 1945 in un villaggio innevato dell'alto Jura francese, giorno in cui nacquero nella stessa casa Marie, creaturina umana, e Bella, figlia unica di Micia. Faceva un freddo tremendo sull'altopiano, ma nella stanza da letto al primo piano, una stufa a legna alimentata a dovere dal giorno precedente surriscaldava l'ambiente, e la mamma poteva tenere in braccio la sua bambina senza temere il congelamento. Nell'armadio d'angolo, sopra degli stracci appositamente sistemati da giorni, Micia, immobile, contemplava il suo capolavoro ad occhi socchiusi.

Anne viveva con la nonna dall'inizio della guerra, aveva appena compiuto 18 anni e, dopo il fuggevole grande amore con un giovane passatore che non avrebbe più rivisto, si ritrovò madre di Marie con gioia immensa e tanta angoscia.

Micia era la cocca della nonna e se per gli umani scarseggiavano i viveri, a lei non mancarono mai enormi tazze di latte cremoso grazie a Fleur, la mucca dei vicini, e riuscì a mettere al mondo una supergattina tonda da non credere. Marie pesava a malapena 2 kg e 300, sua madre una quarantina scarsa. La guerra in questa zona di frontiera fu cruenta, i viveri si riducevano a qualche patata, un po' di latte molto scremato, delle mele rinsecchite e la carne assente del tutto, un ricordo del passato. In fondo al cuore, la speranza che questo incubo finisse faceva stringere i denti per non perdere la testa. Erano coraggiose queste due donne sole, abituate a destreggiarsi in qualsiasi circostanza. Spazzavano di continuo, con il badile, la neve che non smetteva più di cadere, tagliavano la legna per alimentare il fuoco. Non aspettavano aiuto da nessuno, sapevano che ce l'avrebbero fatta. Di questo erano sicure. Marie nacque circondata dall'amore incondizionato di queste due donne. Qualche mese passò, la guerra finì. Anne e la nonna festeggiarono con tutto il villaggio la liberazione, con la piccola Marie appesa al collo. Una nuova vita si apriva, ma quale? Anne rimase ancora un anno con la nonna, poi riuscì a riprendere i contatti con i genitori, vivi, ma molto provati da anni di clandestinità. Tornarono con fatica alla vita quotidiana, non sapendo ancora cosa riservava loro il futuro. La nascita di una nipote in quei tempi burrascosi li sconvolse, soprattutto perché Anne, così giovane, non aveva mai goduto di una vera adolescenza, né studiato seriamente.

Si rividero nel maggio del '46, in una splendida giornata primaverile. Anne lavorava in giardino, Marie e Bella giocavano in un cestone di vimini, sorvegliate da Micia. La Nonna stava appendendo il bucato, quando scorse il figlio e la nuora che scendevano da una piccola macchina parcheggiata davanti al cancello. Nessuno riuscì a parlare, per un po' piansero senza poter contenere il flusso delle lacrime, troppe emozioni passarono in quei minuti. La bambina, vedendo piangere tutta la famiglia, si mise anche lei a singhiozzare, stringendo forte Bella che guardava allibita quel diluvio emozionale. Micia pensò tra sé: ma guarda un po' questi umani, quanta acqua producono! Marie non scordò mai la prima visita dei nonni e li presentò a Bella con fare solenne, intriso dell'importanza di quel giorno.

Fu deciso che Marie sarebbe rimasta per un altro anno con la bisnonna in campagna e che Anne, di ritorno in città nella casa dei genitori, avrebbe ripreso gli studi. Partì col cuore spezzato, lasciandosi dietro sua figlia e le micie. Erano sette anni che non si muoveva dalla casa della nonna, diventata il perno della sua esistenza. Si appartenevano in modo viscerale. Anne aveva solo 19 anni, che a lei sembravano cento, maturata senza scampo com'era stata costretta a fare.La nonna, una cinquantottenne energica, divorziata da decenni, aveva deciso all'inizio della guerra di lasciare la città per andare a vivere tutto l'anno in montagna, in compagnia della nipote, nella casetta ereditata dai suoi. Ora si trovava sola con la piccola Marie, che non poche persone scambiavano per sua figlia. Si somigliavano in un modo incredibile e gli anni erano passati con molta benevolenza sulla figura tonica della più anziana, che era tuttora una gran bella donna. Micia faceva parte della sua vita da otto anni, si amavano con molta discrezione. Marie e Bella erano inseparabili, non si vedeva mai l'una senza l'altra. Sembravano create per la delizia degli occhi di chi aveva la fortuna di trovarsele davanti. Marie Bella! La bambina non sapeva di essere un'umana, e la micia non sapeva di essere una felina. La Nonna aveva, con la sua bravura ad educarle, resa superflua qualsiasi distinzione di categoria. Anne mancava loro oltre ogni dire, ma il daffare quotidiano rese un po' alla volta il distacco meno disperato. Così si creò il gineceo più affiatato che si potesse sognare. La natura aveva regalato a tutte e quattro dei caratteri forti ma gentili e generosi, un bell'aspetto - il che non guasta - un'intelligenza viva e sensibile. Bella, ignara di attirare le carezze, si prodigava a sedurre chiunque le passasse accanto. Marie dagli occhi blu, con un battere di ciglia metteva ai suoi piedi umani e animali con facilità sconcertante. Solo la nonna resisteva a queste due Maghe Circe ... con qualche fatica.

Marie con i suoi modi delicati trasmise a Bella una dolcezza che non le era congenita. Essendo di natura irruente, le si gettava tra le gambe per farsi prendere in braccio e sollevare in aria con gli occhi socchiusi di gioia, e le faceva ripetere all'infinito la scena, finché Marie, sfinita, si accoccolava per terra abbracciando la scatenata gattina. La loro giornata iniziava presto di mattina: verso le sette la Nonna apriva le persiane, annunciando con voce forte che era ora di aprire quegli occhi gonfi di sonno. Marie si stirava come Bella, allungando le gambe e le braccia. Bella si leccava con cura le zampine, e si avviavano verso la cucina per iniziare una delle tante mattine di gioco della loro infanzia. La Nonna scriveva ogni giorno una specie di giornale di bordo dove tentava di fissare quei meravigliosi istanti di felicità regalati dalle due complici. Marie rimase una bambina delicata con delle mani sottilissime e delle gambe lunghe sempre coperte di graffi. Bella divenne un'adulta elegante dall'impeccabile mantello striato di grigio, il musetto sempre in su, curiosa di qualunque cosa le passasse a portata di pupille. Marie decise che sarebbe diventata in futuro una scrittrice o un'attrice di teatro, perciò spiegò a Bella che d'ora in poi si sarebbe esibita in piedi su una sedia mentre lei, Bella, sdraiata come una sfinge, l'avrebbe ascoltata raccontare delle storie molto, ma molto complicate. La gattina era ipnotizzata dalla voce vibrante della futura Duse, e miagolava di meraviglia quando il tono saliva d'intensità. Questo gioco continuò invariato per quasi dieci anni e rimase privato, riservato a loro due sole.

Anne ad ogni visita rimaneva colpita dalla grazia di sua figlia e della micia; appena arrivata veniva assorbita in quel mondo irreale nel quale si muovevano Nonna,

Micia, Marie e Bella, e dove faceva fatica a calarsi. Le guardava col cuore in subbuglio: come si faceva a lasciarle dopo solo due giorni per tornarsene in città a studiare?

Il cibo continuò a scarseggiare per qualche anno ancora. Negli anni Cinquanta, la Nonna, Marie e le micie tornarono a vivere in città nell'appartamento a fianco di quello del figlio. La famiglia si ricompose. Marie e Bella avevano una camera con balcone all'ottavo piano. Iniziò un duro periodo di adattamento per entrambe. La scuola a Marie sembrò una punizione ingiusta, inflitta da adulti cattivi. Bella la pensò allo stesso modo. Lasciata sola per la prima volta, si gettò su Marie quando fece ritorno, e la annusò incredula tutta la sera. Quella notte dormirono abbracciate come non mai, il muso di Bella schiacciato sotto il collo di Marie, rassicurate tutte e due. Un po' per volta Bella prese confidenza con la nuova sistemazione, ma non amò mai il balcone. Micia era diventata vecchia e bisbetica, non tollerava più altri che la nonna, non sopportava l'esuberanza di Bella che si divertiva come una pazza

a tenderle agguati dietro alle porte, facendola sussulta-
re, soffiare e sputare improperi gatteschi irripetibili.

Anne divenne farmacista come i suoi genitori e iniziò a lavorare con loro. Si innamorò di un cliente raf-
freddato, lo sposò, e così si allargò la famiglia. Nacquero
due gemelli maschi, mentre Marie rimase a vivere con la
bisnonna. Abitavano tutti nello stesso palazzo. Festeg-
giavano il Natale ogni anno nello Jura. Bella si sentiva
rinascere: con la sua Marie appresso faceva il giro della
casa, strofinandosi contro tutti i mobili, le porte, i vasi,
le tende. Questa sì che si poteva chiamare casa, non
quell'insipido surrogato vicino al cielo, in città. Chissà
perché dovevano puntualmente tornarci, poi, si stava
così bene vicino al camino dove ardeva un fuoco vero,
fatto con della legna odorosa, non quello stupido termosifone scomodissimo, dove si appollaiava a meditare
aspettando il ritorno di Marie, suo unico sole, sua ragione di vita.

Ogni 17 marzo, Nonna, Anne, Marie e le micie si
riunivano per festeggiare il compleanno di Marie e Bella. Era una festa scatenatissima. Stavano tutto il giorno
a casa della nonna, a cantare, giocare, ridere, mangiare
delle cose folli proibite dal buon gusto sdraiate per terra, con le micie un po' sorprese da tanta confidenza una
volta l'anno.

Una notte Micia morì, seguita poco dopo dalla Nonna, lasciando Marie disperata e Bella tristissima di conseguenza. Marie con Bella in braccio andò a vivere da
sua madre per la prima volta. I gemelli da piccoli erano
molto vivaci, e Bella non gradiva più di tanto le loro at-

tenzioni molto sportive, così decise di stabilirsi nella stanza di Marie di giorno, per circolare libera di notte quando il resto della famiglia riposava. Era adorata da tutti: i genitori di Anne, non particolarmente animalisti, persero la testa per la piccola tigrotta. Venivano di nascosto a farle delle coccole, che lei accettava come una divinità che si lascia adorare.

La vita fu molto dolce con Bella, morì nel sonno a 18 anni, una settimana dopo il suo compleanno. Marie se ne andò a studiare pianoforte all'estero, subito dopo. Divenne una concertista famosa. Non ebbe mai più un altro animale, né gatto né cane. La foto di Bella fatta da sua nonna una notte che le aveva riprese entrambe nel sonno, la seguì ovunque per tutta la vita.

Il mio nome è gatto

6 Gli eremiti

Una gatta e un uomo, che amano entrambi vivere in solitudine, trovano infine un accomodamento.

2008

Il viaggio era alquanto pittoresco: ottanta mucche salivano in gruppo con quattro persone, un grosso bastone in mano per tenerle a bada, assistite da cinque cani molto competenti ed efficaci. Un grosso camion trasportava viveri, suppellettili, donne e bambini, in un primo turno seguito da un secondo, questa volta carico di maiali, galline, un gallo, conigli, ochette, un gatto maschio, una femmina e la nostra micetta.

Una ventina di casolari dispersi sull'altopiano ospitavano per quasi due mesi umani e animali in eguale misura. Le mucche brucavano notte e giorno, i cani mantenevano l'ordine dandosi da fare come dannati, correndo e abbaiando da forsennati. Ma erano riconosciuti indispensabili, e perciò bene retribuiti con dell'ottimo cibo. All'alba dopo la mungitura, uomini e donne cuocevano il latte e preparavano formaggio e burro senza un attimo di tregua. Solo i ragazzini si godevano una bella vacanza, grazie alla libertà illimitata che veniva loro conferita, sfiniti la sera dal gran giocare.

La nostra micetta osservava tutto, frugava all'interno delle malghe, stando alla larga dalle stalle, alla ricerca di un po' di silenzio. Decise in cuor suo di andarsene al più presto. Non c'era nemmeno una casupola vuota, ovunque si girasse quel posto brulicava sia di animali che di umani. Pure l'odore di panna e latte la nauseava, senza parlare del letame che copriva ormai i pascoli. Una mattina, appena alzata, fuggì dall'invasore, dirigendosi senza indugi verso il sentiero che portava alla frazione abbandonata che chiamavano tutti Nava, e che si trovava a metà strada fra l'alpeggio e il villaggio giù in basso. La conosceva per esserci stata con sua madre un paio di volte, le era sembrato il paradiso. La nostra Micia era una contemplativa come molti gatti, solo che in lei la natura pareva aver calcato la mano, esasperando questo tratto del carattere. Odiava il chiasso, gli odori forti, le porte che sbattono, i cani che abbaiano, il televisore a pieno volume, i bambini che la volevano toccare, in parole povere non sopportava il villaggio con i suoi abitanti.

Quando arrivò, un sole caldissimo illuminava i tetti grigi delle abitazioni raggruppate in quattordici case costruite nel 15esimo secolo con delle pietre locali enormi. Il luogo emanava poesia nella sua austerità. Molte baite, ormai crollate, erano diventate dei ruderi fascinosi ricoperti d'edera, gigantesche sculture piene di storia, e tutto intorno era cresciuta una boscaglia fitta che stringeva il villaggio fantasma in un abbraccio protettivo: un posto speciale per un gatto speciale. In due giorni perlustrò freneticamente ogni angolo, finché non scovò la sua casa. Era alta due piani con alla base un'enorme stalla. Non sembrava abbandonata, ma addormentata da più di settant'anni.

Poiché porte e finestre erano sbarrate, e le serrature arrugginite, sorprendeva che nessuno avesse mai tentato di forzarne i cardini. Micia saltando dal tetto vicino si introdusse dal lucernario del sottotetto, e penetrò così nella sua splendida reggia, sicura che non sarebbe stata disturbata in un posto di tanto difficile accesso. E così fu.

Benché l'estate fosse torrida, nella sua dimora dai muri spessi, quasi non se ne accorse. Ogni giorno si congratulava con sé stessa per la sua scelta, nonostante il problema del cibo, che risolse cacciando e con delle incursioni nel villaggio. Qualche concessione bisognava pur farla! Scendeva decisa dalla signora Pina, donna dal cuore generoso che rifocillava tutti i cani e i gatti randagi della zona. Ringraziava strofinandosi dignitosamente contro le gambe della sua benefattrice e se ne tornava sazia a casa sua.

Le sue giornate incominciavano all'alba, si sedeva, bella eretta, gli occhi socchiusi, sull'ultimo gradino della scala, dove procedeva ad un personalissimo saluto al sole, e se lo godeva come una mistica in preghiera. Poi, dopo essersi stirata con calma, procedeva con una leccata generale che fissava il sole sulla sua pelliccia. Aveva un mantello di uno strano colore beige e rosso, con qualche sfumatura di grigio e striature ereditate da un padre tigrato. Faceva un giro di ronda per assicurarsi che tutto fosse al solito posto, poi si concedeva una bella dormita in un fienile particolarmente accogliente. Quando lo stomaco si faceva vivo se ne andava nel frutteto a cacciare qualche uccellino, poi si gratificava con un bel pisolino, e al calare del sole se ne stava sul muretto del rudere ad osservare il viavai incredibile di cervi, camosci, faine, volpi, tassi, roditori vari, talpe, gufi, civette, furetti che passavano, si cercavano, si amavano, si riproducevano, si ammazzavano. Micia teneva la cronaca nera e rosa del suo quotidiano personale. Arrivò l'autunno, molto bello, caldo, poi la pioggia a catinelle, la temperatura si fece glaciale e in novembre la neve si mise a cadere per una settimana. Scendeva tre volte la settimana dalla signora Pina che le fece trovare una cuccia di fieno in un angolo riparato. Ci stette due mesi il primo inverno, perché le bufere non davano tregua e non le permisero di tornare a Nava. Poi venne la primavera e la solita vita riprese. Gli anni passavano, Micia invecchiava diventando sempre più despota. Non tollerava nessuna intrusione nel suo regno e rivelò una vera disposizione alla lotta a corpo libero. Non si innamorò mai e scacciò sputando di disgusto ogni malcapitato che non la conosceva ancora. Era una bella micetta di misura piccola, molto muscolosa, magra per ovvie ragioni, che aveva fama nei dintorni di essere peggio del diavolo. Aveva compiuto sei anni quando, un pomeriggio di tarda primavera, il suo mondo fu stravolto. Un uomo molto magro, sulla quarantina, con due bastoni da camminatore in mano, si fermò, incantato dalla bellezza del luogo. L'atmosfera molto particolare che emanava lo colpì, e si sentì un groppo alla gola dall'emozione. Anche lui come Micia aveva trovato il suo posto. Se ne andò verso sera e Micia che lo sorvegliava dal lucernario sospirò di sollievo. Due settimane dopo arrivò un trattore.

La vecchia mulattiera ormai piena di buche, non si poteva definire una via percorribile nemmeno per un fuoristrada, così, ondeggiando di qua e di là, il trattore si fermò davanti ad una casetta a un piano con balconcino. Ne scese un uomo grande e grosso che spalancò porte e finestre e fece un sopralluogo. Il giorno dopo, due muratori si misero al lavoro. Per un mese arrivarono all'alba e se ne andarono al tramonto. La casetta aveva ripreso a vivere e il camminatore magro ne prese possesso al colmo della felicità. Si alzava tardi di mattino e con una tazza di caffè in mano si sedeva fuori sulla panchina a fianco dell'uscio, stendendosi beato col viso al sole. Non c'era luce elettrica e usava il gas per cucinare e fare luce nel suo soggiorno-cucina-salotto dove un enorme camino occupava un'intera parete. I muratori gli avevano creato un piccolo bagno. Si accedeva al piano di sopra nella camera da letto da una scala esterna. La mobilia era quella lasciata dal passato, senza età, levigata ed esteticamente molto bella. Si riduceva al minimo indispensabile, un tavolo, delle sedie, una credenza incassata nel muro, qualche sgabello. Per dormire, un letto alto con due materassi di lana e crine, un armadio con specchio, una poltrona e un comò. In un lavello enorme di pietra cementato sotto la finestra, grazie ad un rubinetto fiammante e all'intervento dell'idraulico, l'acqua sgorgava di una leggerezza deliziosa, unica concessione alla modernità.

Il neo proprietario si chiamava Jan, era un musicista, suonava la chitarra in un complesso molto famoso. Erano 15 anni che girava il mondo, si era sposato, separato, drogato, disintossicato, era arrivato a un momento di saturazione esistenziale, desiderava un'unica cosa, stare da solo in pace per riflettere con calma, lasciarsi andare e perché no, ridare alla sua vita un significato da tempo sparito.

Micia a questo punto era sconvolta, come poteva essere capitata una sciagura simile alla sua Nava? Che cosa voleva questo intruso, quando se ne sarebbe andato? Queste pietre intorno non erano più sue, e le sembrava impossibile doverle condividere, con un umano poi! Lo spiava di continuo, ovunque andasse, conosceva le sue abitudini. L'unico punto a favore che gli riconosceva, era dovuto al fatto che alzandosi sempre tardi, le lasciava campo libero. La notte purtroppo andava a dormire tardi e suonava per ore davanti al camino acceso, alla luce delle fiamme. Non dava più segno di voler partire e Micia si disperava. L'estate finì, Jan se ne andò. La vita riprese a Nava con i soliti ritmi e rituali, la pioggia, la neve, il dover scendere dalla signora Pina, poi sarebbe arrivata la primavera, e ... Jan tornò in aprile: Micia pensò a questo punto di cambiare residenza e magari trovare un modo di fare sloggiare questo umano.

Jan sembrava ringiovanito, si teneva più diritto, non beveva più, aveva ritrovato la casetta con fibrillazione. Adorava tutto: l'ambiente, l'aria, la casetta, l'isolamento. Aveva stretto un accordo con il negoziante di alimentari, giù a valle, che gli portava settimanalmente un carico di cibo con il trattore. Era la spesa più costosa che avesse mai affrontato, il trasporto col trattore rappresentava una vera follia. Però non doveva più scendere e questa solitudine scelta e apprezzata non aveva prezzo. Con il suo complesso aveva guadagnato denaro a palate e tantissime seccature. Amava ancora suonare e fare concerti, ma non sopportava più le contingenze inevitabili del mestiere, e soprattutto la gente che gravitava nel suo ambiente: gli facevano venire l'angoscia. Questi mesi quassù lo ricaricavano in modo straordinario, e gli permettevano di affrontare i suoi obblighi con più distacco. Un giorno in cui Micia si era addormentata, riparata da una tettoia, Jan che passeggiava si trovò per la prima volta di fronte a lei: la guardò, sorpreso, e se ne andò senza proferire una parola. Micia, abituata ad essere ammirata dagli umani, fu colpita dall'Intruso che non faceva caso, nemmeno un po', a lei; quasi quasi si offese e quasi quasi si divertì, aveva trovato un umano suo simile. Quando un misantropo incontra un altro misantropo, cosa ne risulta? una storia di misantropi.

A questo punto non era più il caso di nascondersi, Micia si rese conto che tutto sommato poteva benissimo riprendere la vita di "Prima", tanto a lui non gliene importava niente. Ricominciò a gironzolare per le case, passava ogni giorno davanti alla casetta facendo finta di non guardare da quella parte. Andò così per qualche giorno, poi il solito trattore dei viveri lasciò il carico davanti alla casetta; però questa volta c'era un grande cartone pieno di un nuovo genere alimentare. Vicino al muretto con la tettoia, comparve una ciotola colma di biscotti dall'odore invitante. Micia, diffidente, girò intorno a lungo. Poi, non avendo capito la provenienza di queste delizie, mangiò finché lo stomaco lo permise, poi vomitò tutto. Nei giorni successivi trovò la scodella sempre ricolma, e da quel giorno non scese più dalla signora Pina durante l'estate.

Impiegarono tre anni per "presentarsi" l'un l'altro in un modo meno contorto. Jan la prese in braccio un giorno di grande vento, la gatta si lasciò fare dibattendosi pro forma, poi lui la depose su un cuscino davanti al fuoco. Micia si deliziò con riserva, non voleva dare troppo a vedere fino a che punto le piacesse, in cuor suo era al settimo cielo.

Jan se ne andò in ottobre e Micia da quel giorno aspettò la primavera per la prima volta in vita sua, essendo fin ad allora sempre vissuta alla giornata.

Il mio nome è gatto

7 Rosa, io ti salverò

L'ambiente è montano, con quattro gatti che vivono pacificamente fino alla scomparsa di una gattina, Rosa. Come finirà?

2009

Arrivò in un pomeriggio uggioso, lo splendido corpo muscoloso ormai stremato, il mantello bianco e nero luccicante d'umidità. Si sdraiò come una sfinge sul tappetino di iuta, dando l'impressione di non aver fatto altro in vita sua.

La casa isolata era stata costruita a 1300 metri di altitudine in cima ad una collinetta. Si specchiava in un piccolo lago, circondata da un bosco di pini e larici secolari. Una famiglia numerosa ci viveva con tre gatte che sembravano feroci custodi. Incuriosite si sedettero in cerchio per guardarlo meglio. Si fece avanti la tigretta che lo annusò a lungo, poi si mise a leccarlo con impegno. Lo spettacolo era unico, tigretta non essendo famosa per la sua mansuetudine! Le due altre micie, una rosa a pelo corto, e l'altra a pelo lungo beige e rosa, se ne stavano a guardarli come le ancelle di due sovrani.

La padrona di casa si trovò davanti al quadro interdetta, poi riconobbe il nuovo venuto: si trattava del primogenito di tigretta, si aggirava sugli otto anni. Era stato regalato a un loro conoscente che abitava a 70 chilometri di distanza nella valle. Prese il telefono per avvertire della visita del gattone, e scoprì che il padrone del micio era morto tre giorni prima. Sconvolta lo prese in braccio e gli diede il benvenuto per la seconda parte della sua vita.

Si chiamava Socrate per via del suo sorriso che faceva pensare a un saggio filosofo. Il suo sguardo d'oro giallo brillava d'ironia, trasudava simpatia, ma quello che colpiva di più in lui era il modo di camminare, sembrava non toccare terra. La sua eleganza flessuosa lo rendeva unico. Il colore era distribuito in uguale parte bianco e nero, la mascherina e il dorso neri, bianchi il mento, la pancia e le zampe.

Dopo una settimana la distribuzione dei ruoli si fece automaticamente. Socrate il re incontrastato, Tigretta la regina, Rosa e Piuma le ancelle. Erano stati sterilizzati tutti e quattro, però qualche battaglia quotidiana non mancava, e sempre per futili motivi, non ultimo il raggio di sole rubato. Facevano a gara per usufruire del primo sole mattutino nel corridoio, spettava ormai di diritto a Tigretta che lo pretendeva. Rosa non capiva perché dava fastidio il suo piazzarsi davanti, e Tigretta furiosa le sputava improperi velenosi, le mandava delle sberle ben assestate. Si ripeteva spesso la stessa scena con le due solite contendenti. Piuma più prudente se ne andava fuori a godersi il sole, odiava stare dietro un vetro, voleva sentire l'aria calda fissarsi sulla sua stupenda pelliccia. Socrate si rivelò un pigrone, passava da un letto caldo a un comodo cuscino, provò tutte le superfici imbottite, non era tipo da stendersi su un muretto, non si riusciva a capire da dove gli venisse la muscolatura. Non lo si vedeva mai correre, come un elfo passava da un sofà a una poltrona, con grazia. Non era un mangione, solo Tigretta ce la metteva tutta con la sua scodella di crocchette. Rosa e Piuma si nutrivano senza affanno. L'unica pietanza che li faceva impazzire tutti e quattro era il tonno in scatola per umani. Perdevano la dignità per qualche briciola di questa leccornia.

Durante il giorno Piuma e Rosa giravano il bosco a cacciare uccelli e scendevano sulla riva del lago per pescare. Tigretta, di natura solitaria, preferiva non allontanarsi troppo dalla casa, rimanendo nelle vicinanze, Socrate scaldava le poltrone. Alla sera ogni gatto aveva il suo umano personale con il quale dormire.

Una sera Tigretta non tornò a casa come il solito. Tutta la famiglia, torce in mano, la cercò senza successo, disperata. Le notti in montagna sono molto popolate, tra cervi, tassi, faine, volpi, ghiri urlanti, gufi, e le insidie numerose per i gatti casalinghi, anche se abituati a convivere con la natura. Sparì per due giorni e Socrate, messo in allarme dal trambusto, la scovò in una cantina che era stata chiusa con la prigioniera dentro. Si agitò come non mai, insospettì i suoi umani che lo seguirono, ritrovando la malcapitata, che fu accolta come una eroina. Socrate portato in trionfo fu incoronato imperatore, saliva di un altro gradino nella gerarchia familiare.

Sparì poi Rosa, e la sua padroncina pianse calde lacrime. Il bosco si stendeva su un pendio molto ripido e non agevole, la prima battuta si rivelò vana, e il ritorno deprimente. Piuma non mangiava più, Socrate era inquieto, e Tigretta viveva sul davanzale scrutando l'orizzonte. Gli umani non parlavano più del necessario. La piccola Rosa mancava a tutti. Poi sparì anche

Socrate. L'allarme si fece generale. Piuma se ne andò, e anche lei non fece ritorno. Tigretta, sola in casa, girava come una trottola, non toccava più nemmeno le sue crocchette, non dormiva più. Però là nel bosco non ci andava proprio, sentiva che non era necessario.

Dopo due giorni tornò Socrate, nervosissimo, Piuma arrivò di sera molto stanca. Rosa mancava da quasi una settimana. Nessuno osava parlare. Si respirava un pessimismo plumbeo. Piuma non mangiava più e stava deperendo, Socrate se ne andò la mattina dopo e rimase via per tre giorni. Quando fece ritorno, saltò sulle ginocchia del suo padrone, poi corse come un lampo verso la porta d'ingresso, miagolando, inseguito dall'umano.

Correva e si girava di continuo per vedere se il poveretto riusciva a tenere il passo. Erano sulla strada statale da più di due ore, ormai il padrone era distrutto, quando il gatto si avvicinò a una casetta abbandonata e saltò dentro dalla finestra senza vetri. Il padrone non riusciva ad aprire la porta sprangata, e sentiva miagolare Socrate sempre più forte. Ritornò a casa, prese delle spranghe, e con il fuoristrada si avviò verso la baita. Socrate non aveva quasi più voce, però si lamentava. Quando finalmente la porta si aprì, la torcia illuminò Rosa raggomitolata in un cantinino, sdraiata in mezzo a un ciarpame incredibile, con Socrate che continuava a miagolare tra leccate consolatrici sulla testa della gattina che lo guardava con l'occhio sbarrato.

Aveva ferite varie e una zampa molto rovinata da piaghe aperte, respirava con difficoltà e sembrava febbricitante. L'umano si tolse la giacca per trasportarla senza farle male, Socrate al suo fianco, e la portarono dal veterinario nella città più vicina. Fu operata, perse la zampa. Portarono Piuma a farle visita, le si gettò addosso e la leccò tra le orecchie ronfando come un treno di felicità. Tigretta andò anche lei in clinica, che riconobbe all'istante, e soffiando come una pazza si rifiutò di scendere dalla macchina. Dopo due settimane di degenza in clinica, Rosa ritornò finalmente a casa.

Piuma divenne la sua ombra, non la lasciava mai un istante, e appena poteva la coccolava con dei ronron sonorosissimi. Socrate, il nostro eroe, aveva il trionfo modesto, ricuperava le sue energie con dei pisolini sempre più confortevoli, tra cuscini di piuma e trapunte. Il suo atteggiamento era attento, sorvegliava ancora le sue donne. Tigretta lo guardava con affetto, ma a modo suo, con distaccata riconoscenza.

Con un sospiro di sollievo, gli umani della casa ripresero le loro occupazioni abituali, il loro affetto ancora più palese nei confronti delle carissime bestioline.

Si crede che la piccola Rosa fosse stata aggredita da un tasso o da una volpe che aveva lasciato qualche strascico nella sua anima. Si era nascosta nella baita per morire in pace. Grazie a Socrate che le salvò la vita, si rimise abbastanza bene dalle sue ferite, e anche se cammina ormai su tre zampe, lo fa con molta determinazione.

8 Ciccio, gatto urbano

Un gatto cittadino scopre il mondo e parte alla ventura "on the road" in compagnia del suo umano camionista.

2006-2010

Nella periferia inquinata della mega città, l'afa di luglio rendeva insopportabile la sola idea di muoversi. Un gatto spelacchiato, bianco e nero, comparve una sera nel cortile di una tipografia. Un uomo affaccendato a rimuovere dei cassonetti pieni di scarti lo vide, e fischiettando lo chiamò, ammiccando. La bestiola, coperta di graffi, rispose con un miagolio debole, e l'uomo le si avvicinò per osservarla meglio, facendola scappare. Non arrivò lontano, i suoi occhi fissavano guardinghi le mosse dell'uomo che si allontanava per cercargli qualcosa da mangiare; ritornò trionfante con una scatoletta di carne avanzata dalla sua colazione. Dispose il contenuto su un foglio di giornale e si nascose per vedere il gatto mangiare famelico tutta la carne, per poi vomitarla altrettanto velocemente a fianco della carta, e sparire di gran corsa. La sera seguente, Gino, l'addetto ai cassonetti, si ritrovò il micio davanti, e così per una settimana. Ormai pratico, Gino riempiva una scodella di cibo per animali, che il gatto svuotava con cura, ripulendo con lingua esperta la più minuscola briciola. Non fuggiva più con l'ultimo boccone in bocca, ma procedeva a delle minuziose pulizie a colpi di leccate che ridavano lustro sia al pelo che al morale.

Purtroppo la ditta chiudeva per le ferie estive, e così tutta la zona industriale si trasformò in un deserto. Micione trovò rifugio nell'unico condominio del quartiere; consisteva in una serie di sei palazzine immerse in un giardino molto curato, ma ormai ingiallito dalla siccità. I sotterranei bui gli permettevano di dormire di giorno riparato dal sole a una temperatura relativamente piacevole. Le pattumiere stracolme gli fornivano il cibo giornaliero. Non si fece mai scoprire da anima viva, avendo intuito la poca benevolenza del guardiano dello stabile nei confronti degli animali in generale. Ogni tanto tornava alla tipografia, finché la sua perseveranza fu premiata, e il rapporto con Gino riprese. Lo chiamò "Ciccio in frac", essendo nero di schiena, zampe e coda, e candido sulla pancia. Nel suo caso, l'abito non faceva il monaco, non possedeva un'andatura di classe, ma una mole forte, possente ed elastica da lottatore, molto utile per sopravvivere relativamente in pace nell'ambiente che lo circondava. Non risultava molto aggressivo agli occhi degli umani, ma si capiva che la sua natura molto schiva ne aveva fatto un solitario che sapeva fare a botte in caso di necessità. Non frequentava la banda dei randagi; passava le sue giornate ad osservare il via vai del quartiere, conosceva tutto e tutti, sapeva quando e come comparire o sparire di volata. Seduto sul cofano caldo di una macchina, lo sguardo perso nei suoi pensieri, agitava la punta della coda come un metronomo, sempre in allerta. Bastava un colpo di vento per farlo correre a tutta velocità. La diffidenza era la sua assicurazione sulla vita. Gironzolando sul tetto di un fabbricato di due piani, scoprì una fessura profonda sotto le tegole, e l'intercapedine divenne la sua cuccia preferita per i giorni di pioggia. Cercò a lungo una sistemazione invernale, e la trovò nel locale caldaie di una fabbrica di elettronica.

Non ci veniva mai nessuno di notte, e dopo l'unico controllo mattutino, era a sua disposizione. L'odore di gasolio che aleggiava nell'aria non era gradevole, in compenso il tepore era costante e garantito. Cambiò spesso indirizzo d'estate, finché scoprì un magazzino di prodotti alimentari in uno scantinato freschissimo. Una sua caratteristica consisteva nel sapersi trasformare in fantasma in brevissimo tempo, e la discrezione divenne il suo marchio.

Ciccio, randagio per caso, solitario per vocazione, si rivelò pignolo oltre ogni dire: odiava lo sporco, e la polvere lo mandava in bestia (ma sì). La plastica, gli odori di muffa, la confusione, il chiasso, lo facevano fuggire a zampe levate. Oltre a Gino, aveva sedotto altri due animalisti che provvedevano a mantenere in ottima forma il gattone dal mantello bicolore e lucido. Ovviamente ognuna di queste brave persone ignorava l'esistenza degli altri, persuasa di essere l'unica fonte di sostentamento del micione. Mario, grafico molto preso dal suo mondo creativo, l'aveva scoperto sdraiato sul cofano caldo della sua macchina nel parcheggio della ditta dove lavorava. Si piacquero, in un'occhiata fu saldato un patto di amicizia: Mario, puntuale ogni mattina dal lunedì al venerdì, provvedeva a una prima colazione a base di quelle delizie che mandavano in estasi i gatti della pubblicità. Giorgio, titolare di uno studio di architettura, lavorava anche durante il fine settimana fino a tardi. Si incontrò con Micione un sabato di gennaio alle dieci di sera. Il suo studio confinava con la ditta di elettronica che ospitava il rifugio invernale del gattone. Dopo qualche sabato di occhiate amorose reciproche, Ciccio si mise a miagolare in modo straziante e Giorgio finalmente capì che i complimenti non bastavano, ma andavano concretizzati. La settimana alimentare venne dunque completata senza problemi. Rimanevano i periodi estivi, e soprattutto i mesi di luglio e agosto, ma grazie ai mestieri così differenziati di queste tre persone, Micio non fece mai un solo giorno di dieta forzata. Nella vita di un gatto libero, niente viene lasciato alla provvidenza. I suoi sensi, le sue memorie, gli hanno insegnato a muoversi con cautela e intelligenza: un gatto avventato è un gatto morto. Questa legge, i felini di strada la imparano dalla nascita.

Il nostro Ciccio in frac, possedeva, oltre alla statura robusta, un prepotente bisogno di figliare, che non gli dava tregua dal momento in cui, verso la fine del mese di gennaio, si manifestavano le prime avvisaglie.

In questo contesto industriale, vivevano delle colonie di gatti randagi bene organizzati, alcuni eremiti di varia taglia e provenienza, per lo più maschi e, oltre i cancelli, moltissimi cani da guardia. Il primo amore di Micio esplose quando scorse una bellissima tigrotta su un tetto. Striata di nero su fondo bianco, il mantello soffice luccicava al sole. Semi sdraiata, si leccava con cura le zampe posteriori, e con la coda dell'occhio osservava con attenzione il grosso gatto. Nell'istante in cui Ciccio, con un balzo alla Tarzan, le piombò addosso, la gatta si scostò urlando, le pupille come lanciafiamme, facendolo impazzire di desiderio. Con gesto prepotente, Micione poggiò la sua grossa zampa su quella vellutata di lei. Rimasero in silenzio, con calma eseguendo il loro rituale amoroso. Si riposavano a occhi socchiusi, lei sottomessa, poi la strana lotta fatta di grida e rifiuti riprendeva, e si placava solo quando la bocca di Micio affondava nel collo della gattina. Staccandosi con un urlo, la Micia si rotolava languida sulla schiena a fianco del gattone fino al successivo richiamo. Si lasciarono dopo due giorni di passione. Il generoso Ciccio fece il giro dei tetti, cortili, giardini, sottoscala, seminando gattini a tutte le femmine che lo accoglievano. Dopo un mese di sesso frenetico, le forze venendo meno, l'estro si placò. Rimase assopito per qualche tempo, pronto a riaccendersi al primo invito più o meno esplicito di una gatta in calore.

Micio era un piccolo genio nell'organizzarsi la vita secondo esigenze climatiche od ormonali. Di natura tranquilla, non cercava mai guai. Sapeva quando doveva fare a botte, ma non ci trovava nessun gusto, e doversi leccare le ferite dei dopo battaglia lo scocciava non poco. C'era nei paraggi qualche gatto prepotente che provocava per puro divertimento: Ciccio ne girava alla larga con disprezzo e noia.

Una grossa ditta di spedizioni incuriosiva Micio, tanti camion entravano e uscivano a getto continuo. Per mesi osservò questi monumentali mezzi rumorosi e fece conoscenza con Vincenzo, l'autista di un furgone. Vincenzo lo fece accomodare nell'abitacolo sul sedile al suo fianco, e il gatto sembrava esserci nato. Si strofinava di contentezza e guardava Vincenzo con adorazione. Quest'ultimo lo accarezzò, spiegandogli le regole severe che non gli permettevano di viaggiare in sua compagnia e lo fece scendere con gentilezza. Incominciò per Ciccio un periodo di guardia continua. Aspettava l'arrivo di Vincenzo, non sbagliava mai camion, montava in cabina e ci rimaneva finché non veniva scaricato e ricaricato il contenuto del rimorchio, poi Vincenzo lo prendeva in braccio e lo riportava vicino agli uffici. Un giorno salendo con un balzo sul sedile, trovò una gabbietta metallica dove con cautela Vincenzo lo rinchiuse, e fecero il loro primo viaggio insieme in direzione delle montagne. Guardava affascinato il paesaggio sfilare veloce, non dava segno di sconforto, anzi sprizzava gioia. Seduto eretto nella sua gabbia ogni tanto socchiudeva gli occhi in direzione di Vincenzo che gli parlava della sua vita. In quattro ore arrivarono al confine con l'Austria dove scaricarono e ricaricarono il camion. Vincenzo gli diede da mangiare nella cabina e dentro una cassetta riempita di giornali improvvisò una toilette. Arrivarono in città nella serata, Micio se ne tornò nel suo sottotetto dove dormì quasi un giorno intero sfinito di emozioni e felicità.

Iniziò così la sua vita da camionista. Piano piano i viaggi si allungarono, Vincenzo lo portò da Nord a Sud, da Est a Ovest della penisola, per la soddisfazione di entrambi. Ormai, appena fermi, Vincenzo apriva la gabbia e il suo micio circolava liberamente. Non si allontanava mai, rimaneva in attesa del momento magico della partenza. Non sembrava molto interessato al paesaggio, gli piaceva sentire vibrare il motore, e il movimento del veicolo sulle strade. Erano ormai conosciuti un po' dovunque, e nessuno si meravigliava della presenza del gatto. Vincenzo si chiedeva spesso se in una vita precedente Micio non fosse stato per caso un corridore di formula uno, un pilota di aereo, di treno, o un garagista, chissà. Non amava i rettilinei, adorava i passi alpini, quando si doveva cambiare continuamente marcia nelle curve strette facendo gemere il motore.

In generale, partivano verso le sei di mattina dalla città, facendo delle code paurose sulla circonvallazione per poi prendere un ritmo regolare sull'autostrada. La radio sempre accesa, Vincenzo cantava e parlava al gatto che, cortesemente, annuiva ogni tanto senza mai perdere di vista la strada. Si fermavano ogni tanto nelle stazioni di servizio dove invariabilmente ritrovavano dei conoscenti che, scherzando, regalavano delle leccornie al micio. Arrivati a destinazione e svolto il solito lavoro, Vincenzo, la gabbia in mano, andava a mangiare nelle trattorie locali. Nella sua gabbietta poggiata su una sedia, Micio osservava senza mai miagolare. Tornavano nel camion dove Vincenzo apriva una scatola di super cibo che Micio divorava con calma ripulendo con cura la ciotola, poi Vincenzo lo lasciava libero di circolare nella cabina. Riprendevano la strada rifocillati, l'uno a fianco all'altro, sereni. Era tutto molto pianificato, i viaggi si succedevano giorno dopo giorno con gli stessi rituali. Qualche nevicata o temporale potevano turbare il percorso, ma succedeva di rado, era una condizione eccezionale.

La fiducia reciproca non venne mai meno, Vincenzo lasciava ormai sempre libero il gatto durante le soste. Un giorno, nell'aprire la portiera per salire in cabina, mentre il gatto se ne stava come al solito acciambellato sul sedile, saltò dentro un cane lupo imbestialito. Il micio col cuore in gola scappò via, sparendo in un boschetto che costeggiava il parcheggio della stazione di servizio. Dopo due ore di richiami vari, Micio non facendosi vivo, Vincenzo se ne andò col groppo in gola. Il viaggio con la gabbia vuota al fianco fu penoso e vissuto con rabbia impotente. Per un'intera settimana, avendo degli impegni prestabiliti, Vincenzo non riuscì a ritornare. Poi un bel giorno si ritrovò nella stazione di servizio fatale. Fermò il camion e scese guardandosi intorno con il cuore in subbuglio, e vide il miciotto nascosto sotto un cespuglio di rosmarino al confine del parcheggio e del boschetto. Il gatto alla sua vista si mise a miagolare e gli si gettò contro di corsa strofinandosi intorno alle sue gambe in un balletto frenetico. Vincenzo lo prese in braccio, schiacciandolo contro di sé con una gioia senza freno. Rideva piangendo, mentre il micio ronfava come un motorino. Era la prima volta che si facevano delle coccole, essendo entrambi di natura riservata. Lo portò nel camion, si guardarono in silenzio, felici, grati della vita, poi l'uomo girò la chiave di avviamento e con la coda dell'occhio vide il gatto raddrizzarsi e sorridere, sì, sorridere.

9 Il Relais des Anglais

Questa volta un gruppo di gatti vive una vita felice in un ambiente incantevole.

2011

I tre mici vivono in riva al mare in un albergo detto "di charme", proprietà di due amabilissimi settantenni. Il quadro è idilliaco, di un romanticismo desueto che va dritto al cuore. La costruzione principale era un tempo la stazione ferroviaria del paese, distante da esso due chilometri. Fu modificata nei decenni per diventare uno strano accumulo di dépendance e giardini pensili che scendono a picco su una spiaggetta rocciosa in un'insenatura che funge da alcova. Un paradiso inviolato. Le camere sono tutte decorate con mobili di recupero, numerosi tappeti colorati e quadri ad olio rendono unico ogni angolo di questo strano posto. Il viaggiatore poggia il suo bagaglio e si sente immediatamente a casa, con in più una vista mozzafiato di rocce rosse, mare blu e la risacca come sfondo sonoro. Cosa desiderare di più dalla vita?

Un promontorio, specie di balconata somigliante alla prua di una nave, fende le onde: la crociera, senza mal di mare, può incominciare. Il viaggiatore se ne va a curiosare su e giù, un sorriso beato sulle labbra, fregandosi le mani per il colpo di fortuna capitatogli. Scopre una selva di piante odorose e di palme gigantesche, una piscina, e dietro di essa una pergola folta con un misto di buganvillee e mimose abbarbicate che nascondono, accostata alla roccia, una grande biblioteca stracolma dei libri abbandonati nelle camere dai visitatori. Quanti gialli! Scendendo il sentierino, si arriva sulla spiaggia, così incassata che nessuno la può indovinare dall'alto. Di ritorno nella sua stanza, sempre più entusiasta, il visitatore trova ad attenderlo, davanti alla porta, tre gatti ammiccanti che gli danno il benvenuto a suon di miagolii gioiosi. Se ne va allora a chiedere alla reception se per caso i gatti fanno parte dell'incantesimo, molto perplesso. Gli viene raccontata allora la storia del trio.

Anni addietro, una coppia di inglesi, in visita sul continente, scoprì questa stazione abbandonata in vendita ad un prezzo incredibilmente basso, in quanto isolata e a picco sulle rocce rosse del Mediterraneo, all'epoca un grosso handicap. Richiedeva un notevole lavoro di restauro, ma si misero all'opera, e dopo diversi anni di risanamento e ricostruzione, risorse più o meno come l'attuale complesso, con magnifici giardini pensili di gusto anglosassone. Questa coppia adorava i gatti e dal loro arrivo, un passaparola gattesco fece sì che in meno di due anni non ci fosse più un randagio nei dintorni, ma solo gatti di proprietà dotati di camera con vista ...

Tutto andò per il meglio per decenni finché un incidente mortale di macchina non uccise i due poveri inglesi, senza discendenza. Al momento del dramma, una coppia di loro amici nonché clienti di lunga data, sconvolti, decisero d'impulso di continuare a gestire il relais. Dopo trattative con avvocati vari ricomprarono la proprietà con la colonia di gatti ormai al sicuro. Mai più sarebbero stati cacciati per tornare alla vita randagia.

I nostri tre gatti attuali sono i pronipoti dei felini della coppia inglese. Si chiamano Dorothy, Manu e Tato, una femmina e due maschi, e fanno parte della famiglia del nostro ospite. I clienti fedeli di questo posto sembrano più i membri di un circolo gattofilo chiuso e internazionale, che non turisti in vena di spiaggia e solleone. Il trio è famoso in tutto il mondo, esistono cartoline e suppellettili con le loro fattezze, riprodotte anche su T-shirt. Non si trova nessuna guida turistica che specifichi che i veri padroni di casa del "Relais des Anglais" sono in realtà i tre gattoni, e che se non gradiscono qualche cliente, fanno di tutto per farglielo capire e, per carità, non insista, la prego ...

Se invece il nuovo arrivato è benvenuto, un ballo frenetico viene immediatamente eseguito intorno alle gambe e ai bagagli del futuro nuovo fan. Portarseli in camera fa parte del rito. Qui dormono discretamente sui tappeti, e se si vedono graffi sui comodini e sui tavoli, dopo tutto sono a casa loro e usano la mobilia come meglio gli pare.

Il buffo è che non si lasciano mai, li si vede ovunque e sempre assieme, dormono acciambellati, mangiano in tre scodelle allineate, vanno incontro alla gente: la loro vita assomiglia a un balletto regolato al millimetro. Sono di statura medio piccola, attorno ai tre chili e mezzo, europei a pelo corto, uno bianco e nero, uno fulvo e uno beige rosato. Dorothy è molto sottile di zampe, con dei piedini aggraziati. Rossa di pelo, con degli occhi obliqui color verde-blu acquamarina, tiene la testa inclinata quando riflette. Manu, bianco e nero, è più tozzo, ha delle gambe muscolose e i piedoni forniti di unghie poderose. Tato, il dolce, strizza i suoi occhi grigio blu e ronfa rumorosamente alla minima carezza. Sono adorabili e viene voglia di abbracciarli, tutti e tre assieme in un enorme bouquet di mici stretti al cuore. Sorvegliano la proprietà, implacabili con gli intrusi umani e animali. Ne sanno qualcosa i gabbiani e i vari uccelli che ormai si sono passati il messaggio nei dintorni, stando sempre alla larga dai giardini.

L'arte di Tato consiste nel piazzarsi alle spalle dell'eventuale pescatore sugli scogli, là dove poggia il suo cestello. Quando, senza girarsi, fa per buttarci dentro il suo pesce, lui, fulmineo, lo prende al volo con l'unghia, lo lancia in aria per metterselo in bocca, e corre in direzione dei suoi compari che lo aspettano dietro una roccia. L'operazione si ripete finché non si stufano, perché di solito il povero pescatore si accorge delle malefatte solo quando si sposta, trovando la sua riserva semivuota e un gattone ammiccante che lo guarda con due occhi così innocenti da confondere. Nessuno l'ha mai preso in flagrante, il piccolo delinquente.

Non è la sua unica specialità, è sempre stato il beniamino di quasi tutti gli umani, il primo ad essere coccolato, abbracciato, è un seduttore nato, inconsapevole. Gli viene così, ama amare. I suoi compagni non sono per niente gelosi, anzi, lo ammirano. Sono ben felici di non essere obbligati ad una promiscuità che trovano per lo meno discutibile, non essendo stati, qualche volta, nemmeno presentati a delle persone un tantino troppo invadenti.

Dorothy è una melomane, che gradisce soltanto le voci gravi, e odia quelle femminili acute. Se ne va sdegnata appena un suono dissonante le disturba l'udito. Si prese, tempo fa, una cotta fenomenale per un musicista di flauto, che suona nell'orchestra della Scala di Milano. Lo venerava, adorava sentirlo suonare, in particolare il Bolero di Ravel. Si sedeva allora, eretta, sulla poltroncina davanti alla finestra, lo guardava con occhi sognanti, e quando finiva il suo brano preferito, sospirava forte, e lui glielo risuonava due o tre volte di seguito, erano soltanto poche frasi musicali, ma la trasportavano chissà dove.

Manu, il meno gettonato del trio, è il più riservato. Non è timido, fa anche lui, con i suoi, la pantomima del benvenuto, mai da solo però. Gli piace cacciare, può passare giornate a sorvegliare un topo o un uccello che prima o poi toglierà di mezzo con voluttà. Difende pure il territorio e i suoi amici da eventuali attacchi, pure gatteschi, esterni al suo ambiente. La pipì di Manu è la più tenace, dove spruzza non perdona, si sente proprio, ragione per la quale viene rispettato dai suoi simili e sgridato dai suoi umani, che non lo capiscono.

Gli ospiti del Relais des Anglais hanno un profilo molto simile tra loro: soggiornano di rado a lungo, ma vengono molto spesso. Negli anni la clientela è ormai sempre la stessa, in inverno gente sola e anziana, in primavera giovani professionisti esausti, in estate stranieri da tutto il mondo, soprattutto dal nord Europa, e in autunno gli amanti della calma che regna sovrana, però anche con il vento in omaggio. Tutti vengono anche, si capisce, per la coccolaterapia. è risaputo che chi accarezza un gatto ha i battiti del cuore che rallentano, è un calmante naturale che rilassa corpo e anima. D'altra parte, cosa c'è di più gradevole che tenere in braccio un gattone rotondo morbido e caldo che ronfa come un treno. La signora Anna, che regna su tutti, ha sempre affermato che la coccolaterapia sarebbe il futuro di tutti noi nevrotici incalliti.

Cosa c'è di più tenero, appena appoggiate le borse da viaggio, che trovarsi davanti tre morbidi gattoni che ti danno il benvenuto insieme al sorriso amichevole del loro padrone in primo piano.

I proprietari di questo angolo di pace si chiamano Anna e Carlo, sono italiani, e il Relais des Anglais si trova sulla Costa Azzurra francese. La loro vita è cambiata in un baleno con la perdita dei loro amici. Hanno venduto tutto quel che possedevano per poter comperare il Relais, non avevano mai pensato di gestire un albergo alla loro età, eppure, da 15 anni, sono al timone di questo posto incredibile, stanchissimi ma felici.

Un famoso fotografo, incuriosito dal passaparola che dà la fama al Relais, s'innamorò perdutamente del posto, dei gatti, dei suoi proprietari. Ci vive, appena il suo lavoro glielo permette, il più spesso possibile, e grazie alla sua bravura, delle immagini magnifiche illustrano la vita di questa meravigliosa famiglia. Le riviste di tutto il mondo hanno pubblicato servizi su Manu, Tato e Dorothy, centinaia di lettere di ammiratori arrivano ancora ogni anno.

Informata dal suo amico fotografo, un'attrice di cinema molto sexy, innamorata persa dei gatti, visse a lungo nella camera uno, quella con il terrazzo chiuso. La affittava all'anno, e qui le capitò una strana avventura. La bella fanciulla era piaciuta immensamente a Manu, contraccambiato alla grande. Un giorno malaugurato, l'attrice scivolò nel bagno, battendo la testa contro il lavello, e svenne. Manu, impazzito, saltò dal primo piano per cercare aiuto. Con i suoi compagni corse da Anna miagolando disperato, lei capì al volo e si precipitarono nella stanza dell'attrice, che giaceva ancora incosciente. Venne ricoverata d'urgenza, andò tutto bene, in seguito, e i nostri tre eroi finirono sulle prime pagine di tutti i giornali, che mostravano le foto molto ben riuscite di Manu col muso schiacciato contro il seno più famoso di Francia. Bravo Manu!

Tato non fu da meno. Quando il flautista favorito di Dorothy si fratturò la caviglia scivolando sugli scogli, si precipitò da Carlo e Anna e fece capire, miagolando come un pazzo e correndo in direzione del sentierino che scendeva al mare, che qualcosa non andava. Finì pure lui sui giornali, più sobrio, in braccio al musicista che sorrideva felice con la gamba ingessata.

Sono ormai tutti anziani, i gatti diciottenni e i padroni settantenni che si preoccupano per il più piccolo starnuto. I ritmi sono cambiati, e parecchio. I gatti saltano ancora sugli scogli, continuano a difendere il territorio come non mai, però dormono molto di più, avendo ognuno scelto il suo angolo preferito:

- Manu sotto il pergolato, sdraiato sulla poltrona di vimini imbottita, che ormai gli appartiene di diritto, guai al malcapitato che tenta di prenderla in prestito, un grugnito feroce lo caccia in modo sbrigativo.

- Tato nascosto in salotto, tra la veranda e una pianta verde, steso su una poltroncina provvista di un cuscino ormai logoro, in una posizione che gli permette di vedere tutto senza essere disturbato.

- Dorothy, lei, predilige un grosso cuscino poggiato sotto il letto di Anna, dove nessuno la può stanare per ventitré ore al giorno. Nell'ora che avanza, fa la pazza, balla, mangia, poi se ne torna nel suo rifugio.

Non si acciambellano più tanto spesso, e le rare volte in cui capita, sono così teneri che il cuore di chi li osserva si scioglie di tenerezza.

Diciamolo pure, l'invecchiamento non è un regalo per nessuno, il tempo non è più amico, non fa altro che fuggire sempre più incalzante. Noi umani ci ritroviamo con le fattezze così deformate in rapporto a quello che eravamo, che ci sembra che il mondo animale soffra meno dello scempio, esteticamente parlando. Vivendo poi a stretto contatto con gli animali, notiamo che anche se il loro pelo non è più così lucido, la natura non li deturpa così violentemente. Che siano i piccoli privilegiati tra gli esseri viventi?

Questi gatti fortunati hanno avuto una vita meravigliosa, che godono ancora al massimo. I loro schiavi umani li amano come non mai, anche loro riconoscono che il posto non è estraneo al benessere di cui godono, a stretto contatto con le rocce, il mare che continua a schiaffeggiare le rocce rosse giù in basso.

10   Una bella famiglia

Dell'amicizia di un gatto e un cane.

2012

È nata dispettosa e prepotente, ma la natura generosa nei suoi confronti, le regalò la bellezza per equilibrare il tutto. Con un balzo dal tetto al balcone, si introdusse nella casa con semplicità, miagolando un "Eccomi qua" deciso. La famiglia le fece festa, lei si lasciò coccolare beata, poi sparì dal balcone al tetto con eleganza. Il gioco andò avanti per un mesetto, decise poi di fermarsi, sdraiandosi sui cuscini del divano, senza dubitare un secondo di non essere gradita.

Il cane di casa, un Cavalier King Charles, infuriato da questa invadenza, tentò di stanarla, abbaiandole in faccia delle cose irripetibili. Sdegnata, la testa appoggiata sulle zampette anteriori, lo sguardo obliquo, non si spostò di un millimetro e lanciò fulminea un'unghiata sul naso del poveretto, che perse la partita, finì pure dal veterinario e non tentò più di discutere in sua presenza.

Decise lei dove dormire e mangiare, era arrivata a casa. Poveri umani, alla morte del loro ultimo gatto, due anni prima, avevano giurato che bastava così con gli animali, fi-ni-to. Due mesi dopo si ritrovarono con un Bobò cucciolo, decine di pipì da gestire al giorno, ultimi nei giardinetti la sera, primi all'alba, le pappe più o meno digerite vomitate sui tappeti o calpestate. A volte ci scivolavano pure sopra, o schiacciavano qualche cacchina scappata prima di arrivare nei giardini.

Furono mesi orribili, divertentissimi, dipendeva dai giorni. Essere vissuti con dei gatti per quarant'anni aiuta a capire il mondo felino, se non il mondo animale. Un'altra dimensione si aprì e ogni giorno fu una scoperta, una frustrazione, una gioia, una rabbia, eppure una delizia.

Bobò è un cane gioioso, affettuoso e possessivo, ama i suoi umani con tutto il cuore, con semplicità. Chi possiede un gatto sa che la semplicità non fa parte della sua indole, vuole bene con tatto e devozione, è anche un essere molto raffinato che sprigiona amore a modo suo. La nuova arrivata era la quintessenza della sua razza. Piccola di stazza, sui due chili e mezzo di peso, possedeva un mantello straordinario, raso ma foltissimo, morbido come seta, di un colore unico, rosa albicocca, e due occhi arancioni con riflessi verde acqua. Le zampe corte e sottili poggiavano su quattro piedini minuscoli, la coda ondeggiava né troppo grande né troppo piccola. Le sue proporzioni e colori erano perfetti, un piccolo capolavoro di grazia. Conquistò tutti in famiglia senza fatica, bisogna aggiungere che il terreno era molto favorevole, almeno nell'inconscio.

Solo Bobò non esultava di gioia alla vista della bellezza pelosa, tentava di ignorarla con distacco. Quando pensava di non essere visto si sdraiava, le orecchie schiacciate sul cranio, gli occhi lucidi di odio e grondava tutto il suo disprezzo, finalmente liberato dall'ipocrisia di convenienza. Le urlava: basta, bestiaccia, vattene brutto mostro! Ma perché doveva capitare a lui "questa cosa", nella sua casa, perché i suoi adorati padroncini non capivano che la "cosa" era solo un'usurpatrice, una ladra d'amore, non si poteva sopportare una sofferenza così immensa. Poi arrivava la padroncina che prendeva in braccio il povero tenero Bobò, lo grattava con perizia sotto il mento, e lui di colpo si rilassava, guardava adorante la sua umana, non gli importava più niente della gatta malefica. Trotterellava felice dietro Anna che, il guinzaglio in mano, lo portava a fare un bel giretto nel parco, il momento preferito di Bobò, che, naso a terra, si godeva i messaggi urinari dei suoi simili! Quanti SMS!

Per mesi la vita proseguì senza tanti cambiamenti. Un giorno, Bobò il pacifico si rivelò un vero teppista nei confronti di moto e biciclette, si gettò come un invasato sotto la ruota di una moto. Anna non riuscì a tenere il guinzaglio, che le sfuggì di mano. Il motociclista arrabbiatissimo non si ferì, in compenso Bobò fu portato di corsa dal veterinario che gli riscontrò la frattura della zampa anteriore e varie contusioni sul corpo. Fasciato, avvilito, incredulo, si ritrovò a casa in una cuccia nuova di zecca, depresso e dolente. Un fortissimo odore di disinfettante aleggiava sul suo pelo, era stato rasato in vari punti del corpo e non riusciva a leccarsi a causa del dolore. Quando si dice una vita da cani!

Micia Rosetta osservava da lontano le novità, perplessa, ma soprattutto infastidita dal disinfettante che ormai impregnava l'aria di tutta la casa. Il primo giorno di degenza di Bobò fu difficile per tutta la famiglia.

Lo spavento, poi il sollievo dopo l'esito delle radiografie, avevano scosso i nervi di Anna: era andata bene, dopo tutto si era solo rotto una zampa. Sudava freddo al pensiero di quanto sarebbe potuto accadere se ...

Le donne sono fatte così.

Per due giorni Bobò si lascio cullare, coccolare senza gioirne, era troppo depresso. Micia Rosetta piano

piano si avvicinò alla cuccia del paziente (si fa per dire) annusandolo centimetro dopo centimetro, per trovarsi di fronte al grosso tartufo nero di Bobò, che si mise a leccare con dolcezza, facendo poi lo stesso con le guance e le orecchie. L'occhio di Bobò era fisso, non reagiva, solo la punta della coda si muoveva. La micia si accoccolò contro il fianco del cagnetto, e si appisolarono tutti e due. Anna li scoprì e le venne un groppo alla gola, la scena era troppo bella, sembrava finta, un vero istante di grazia assoluta, un bel regalo.

Per settimane Rosetta fece l'infermiera a tempo pieno di un Bobò conquistato, devoto ad oltranza, per la vita e per la morte. Riprese a camminare, non correva più come un demonio, anzi, stava attaccato alle caviglie di Anna. Bobò divenne il cavaliere della principessa Rosetta, pronto a difenderla, abbaiando come un ossesso al minimo accenno di pericolo, sia da parte di eventuali attacchi animaleschi che umani.

Per ragioni sue, Bobò non sopportava la zia Erminia. La teneva d'occhio appena metteva piede in casa. Essendo anche lei amante dei gatti, la zia non vedeva l'ora di prendere Rosetta in braccio per coccolarla a dovere. Il che dava un fastidio quasi fisico al cane, che ringhiava, sgridato da Anna: che la piantasse di dar fastidio. Allora lui veloce come un lampo correva verso la poltrona dove sedeva la zia, alzava la zampa e fulmineo facendo la pipì sulla sua gamba, correva a nascondersi dietro a una pianta, facendosi piccolo piccolo e soddisfatto.

La zia e Anna gridavano furiose, Rosetta, sempre in braccio e un po' offesa da questo trambusto, nascondeva il musetto sotto l'ascella della zia. Nessun gatto farebbe mai una cosa del genere, solo uno sporcaccione di un cane, uno stupido Bobò disgustoso. Lui nel suo angolo se la rideva da cagnaccio, e nella sua mente diceva, tiè!

Questi dispetti erano dovuti alla gelosia di Bobò nei confronti di Rosetta. Lei era sua, dei suoi umani e basta. Nessun altro poteva permettersi di toccarla senza rappresaglie da parte del cagnetto.

La bella Rosetta era senza passato, dunque senza età sicura, sembrava molto giovane. Anna, toccandola, si accorse che i bottoncini del sottopancia sembravano cresciuti di misura e perciò le tettine turgide color prugna dicevano che la nostra piccola era incinta. Il veterinario confermò la notizia e precisò la data, più di un mese. La gestazione essendo di due mesi, aspettarono dunque febbrili la nascita dei piccoli.

Anna, suo marito e Bobò la tenevano d'occhio e lei fino all'ultimo all'ultimo giorno andò in giro, si fece ammirare col pancione sopra i tetti, saltando di qua e di là, senza perdere la sua grazia. Una notte perse le acque sul letto, e Anna la portò nella cassetta piena di stracci prevista per l'occasione e aiutò la piccola a mettere al mondo tre minuscoli facsimile. La gattina, bravissima, senza un grido, fece praticamente tutto il lavoro da sola. Anna la incoraggiava con dolcezza. Bobò da giorni era molto nervoso, intuiva che succedeva qualcosa di inconsueto alla sua amica, e si mise di guardia alla porta della camera. E appena Anna l'aprì, si gettò all'interno vicino alla scatola e guardò esterrefatto Rosetta leccare con tenacia i suoi piccoli. Sembrava che ronfasse pulendo con puntiglio ogni angolo di quegli esserini. Poi si sdraiò e si guardò intorno soddisfatta, tutto andava bene, Bobò la proteggeva, lei e i suoi piccoli, Anna le stava facendo i complimenti, e Gianni fotografava il gruppetto. Una bella famiglia.

11 C'era una volta ... Ciccia

La narratrice discorre con una nuvola

2013

Cullata da una sonnolenza deliziosa, la narratrice fissava il cielo, giocando a dare dei volti o delle situazioni alle nuvole, come era solita fare nella sua fanciullezza. Da piccola, la sua fantasia era stimolata all'infinito grazie alla massa delle nuvole che mutava in continuazione. Sceglieva un personaggio che si delineava all'improvviso, imbastiva un racconto che si arricchiva man mano di paesaggi grandiosi, di animali enormi sconosciuti, mostruosi e qualche volta minacciosi, che sembravano puntare dritto su di lei. Gli scenari diventavano sempre più fantastici, anche spaventosi, ma non riusciva mai, nonostante la paura, ad interrompere il suo gioco preferito. Si sentiva, quel giorno, d'umore di riprendere contatto con un passato di una sessantina e rotti di anni fa. Che fine aveva fatto anche la fantasia? Non si accendeva certo a comando, ormai si suonava lo spartito con tanti bemolli, anche se il cuore pulsava in maggiore!

Coraggio, vecchia mia, lasciati andare, sembrava sussurrarle quell'enorme nasone lassù, dagli occhietti beffardi, che si scioglieva piano piano per disegnare ora due orecchiette, un musetto, due grandi occhi vispi, un corpicino, un codone. E di colpo un enorme micio riempì il cielo, infinito, il cielo era gatto. Divertita si accorse che disegnava lei stessa in questo ordine esatto, prima le orecchie, ecc. ... Ora questo le strizzava l'occhio, si muoveva con eleganza e di colpo la riconobbe, era Ciccia, la sua unica Ciccia bellissima, morta 15 anni prima, sempre nel suo cuore.

Ciccia. Finalmente mi riconosci, sono tanti anni che ti rincorro, mi disegno dappertutto, nelle macchie d'olio dell'insalata, nelle pozzanghere, nel cielo, ingrata ...

Narratrice. Sarcastica anche da morta, sei fedele a te stessa. Solo per le cicatrici che mi hai lasciato sulle mani e le gambe, sarebbe impossibile dimenticarti, carognetta.

C. Lo sai bene che era per amore, mi tradivi con quell'odiosa gattina strabica, che cosa potevo fare d'altro, guarda che ti è andata anche troppo bene, avrei potuto fare di meglio.

N. Hai perso la memoria, bellezza mia. Hai fatto fuori tutta la mia collezione di teiere kitsch, hai distrutto a brandelli la mia poltrona preferita a forza di unghiate, non c'è un angolo di casa che non hai segnato in qualche modo!

C. Ma era casa mia, sai, m'impegnavo a renderla a misura di gatto, tu mettevi solo degli ostacoli alla mia indole.

N. La tua indole era da demolitrice scatenata, possessiva al cubo, rompiscatole che di più ...

C. Insomma sei contenta che sia morta, ti sei liberata!

N. Devo essere masochista, perché ti amo tanto, risento il tuo odore quando dormivi nell'incavo del mio collo, mi manchi tanto, piccola ...

C. Anche tu mi sei abbastanza piaciuta, ma sei stata difficile da educare! Che fatica, ti ricordi quando volevi a tutti i costi portarmi in campagna con la tua macchina! Bisogna essere pazza per fare una cosa del genere, o scema. Ho pensato spesso, devo dire, che non capivi certe faccende, non per colpa tua, ma per mancanza di intelligenza. Mi dispiaceva tanto per te.

N. Questa, poi, sei sempre stata poco modesta, ma avere la sfacciataggine di trattarmi da cretina.

C. Non capisci, voglio dire, per una umanoide puoi andare, non capivi il mio linguaggio, all'inizio per lo meno, con il tempo hai migliorato, si è affinato il tuo istinto.

N. Mi dai il contentino, il brevetto da gattoide in poche parole.

C. Ridi, ma entrare nel nostro mondo è un onore enorme, adesso poi che sono morta, non puoi immaginare quanto non sai.

N. Guarda che non ho premura di scoprirlo, dammi il tempo, poi si vedrà ...

C. Non ti ho mai lasciata un secondo, so tutto di te, ma vorrei capire perché dopo la mia morte hai preso un cane, è per questo che tento di apparirti con affanno. P-E-R-C-H-E'?

N. Per disperazione, il mondo dei cani è talmente diverso, che non mi lasciava il tempo di pensare. Però so che sono gattofila, anche se amo moltissimo il mio cagnetto. Ti intuivo, ti sentivo, ti capivo, e non sopportavo la tua morte.

Dovevo curare il cane, e le sue mille pipì giornaliere, le varie vicissitudini dal veterinario, non avevo così il tempo di sentirmi male per la tua assenza. Mancavi anche a Ghersino, che tu ignoravi con alterigia.

C. Quel piffero, vuoi dire. Non sapeva di essere un gatto, ma ti rendi conto.

N. Non hai fatto niente per farglielo capire e mi sembrava, avresti potuto spiegargli certe faccende, invece di sputargli in faccia e mandargli sberle di nascosto.

C. Ti stava sempre addosso e non sapeva nemmeno far fuori un uccello, ti sembra normale?

N. Era dolcissimo, profumatissimo, poi con il tempo è pure diventato bello, sai che è morto anche lui?

C. Da lassù si sa tutto, ma non posso dirti niente, non capiresti. Per tornare al cagnetto, non lo trovi un po' cretino quello là? Abbaia come un forsennato ai gatti, fa una figura da scemo, poverello, se sapesse cosa dicono di lui, ci siamo fatte di quelle risate, riusciamo a comunicare con la gatta che conosci in montagna, sai, quella che chiami Piumetta. Questa si che è brava, e fa onore alla nostra razza, anche il gatto Silvestro, che hai curato, era un valoroso. Piumetta ci ha raccontato di voi. Pare che giocate a fare i montanari d'estate e che cammini per ore con il coso che abbaia anche alle foglie che muovono e urla a una palla di gomma rotta, si rotola senza ritegno nell'erba sozza.

N. Basta, sei una pettegola invidiosa, perché non puoi andare d'accordo tu morta con un cane piccolo vivo.

C. Ti ricordi quando mi hai portato a vivere vicino al lago, nella grande casa con il giardino …

N. Tu che prendi in giro Dudù per il suo poco coraggio, l'hai battuto in fifoneria, sei rimasta nascosta sotto al letto per un mese. Ho dovuto attrezzarti una lettiera da campo, un angolo pranzo e un materassino. Era impossibile stanarti, e quando ti sei decisa a spuntare il naso, circospetta, camminavi a mo' di serpente, pancia a terra, le orecchie incollate al cranio. Ti ci sono voluti tre mesi per arrivare alla porta d'ingresso. Quando si dice coraggiosa, ma non temeraria, la nostra Ciccia, vero cara?

C. Che pacchia il giardino, quell'albero grande vicino al nespolo …

N. Il tuo nido d'amore con il bel Nerone.

C. Quanto era bello il mio amore, è stata la parte più bella della mia vita.

N. Bello e possente, si, ma poco presente né fedele.

C. Piaceva a tutte, ma era diverso, molto speciale.

N. Sei ancora innamorata, vedo.

C. Che bei ricordi, non puoi immaginare. L'aspettavo per sei mesi, e, paf, all'improvviso compariva. Facevamo tanto sesso, poi se ne andava, e puntuale sei mesi più tardi lo trovavo sotto al nespolo, sicuro di sé, e io lo aspettavo sul muretto e lo sognavo. E' stato davvero un grande e unico amore.

N. Puoi ben dirlo, ne hai avuto uno solo di innamorato, hai picchiato come una furia tutti gli altri pretendenti. Ce n'era uno biondino, angora, così bello, che hai fatto volare tre metri sopra la siepe.

C. Non lo ricordo, solo Nerone era meraviglioso.

N. Vedo che il mondo gatto, non è molto diverso da quello umano, si perde la testa, e non si è più tanto realistici. Ti vedevo ormai zitella per vocazione.

C. All'amore non si comanda, mia cara.

N. Che letteratura spazzatura si fa nel tuo mondo.

C. Non fare la superba, tu che ti credi chissà chi, scommetto che non sai cosa sia un grande amore, non lo capisci proprio.

N. L'hai inventato tu, si sa!

C. Sei solo invidiosa, ma almeno una cosa la so: il mio micione nero è stato un gran bel regalo della vita, tiè.

N. Per cambiare argomento, ti ricordi della Faina?

C. Dal paradiso all'inferno, ti piacciono le docce scozzesi, il più brutto ricordo in assoluto. Perché me ne parli? Io faccio finta di niente, non mi piacciono le brutte faccende. Lasciamo perdere.

N. Eh no, sei rimasta fuori un paio di giorni, allorché sei un orologio svizzero, alle otto si cena, alle 10 sopra il letto. Alle 6 colazione, ecc. Non ho dormito, ero pazza di angoscia, immaginavo i peggiori scenari, tutti tragici. Impazzivo.

C. Guarda che per me era ancora peggio. Una bestiaccia che si chiama faina, mi aveva braccato vicino al cespuglio delle ortensie e del muro della cantina, mi sono arrampicata sul ramo gracilino del glicine, che finiva abbastanza in basso, stavo appollaiata là senza respirare, non mollava, ho passato tutto il tempo aggrappata a questo rametto, che grazie al fatto di essere magra

non si è spezzato. Si è girata un attimo, allora mi sono lanciata nel cipresso foltissimo più vicino, e questo mostro mi teneva d'occhio. Non potevo tornare a casa, lei nel cespuglio di rosmarino, e io nell'albero. Avessi visto le sue unghie e la puzza che emanava, gridava pure uno strano suono. Ho pensato che stavo per morire, o di paura, o sotto gli artigli di questa bestia. Due giorni e due notti sono stata ostaggio, e non vi siete accorti di niente. Stupidotti, la signora si disperava, ma il suo istinto era a riposo, non è vero? Poi due giardinieri sono entrati, e finalmente con un balzo la bestiaccia è sparita.

N. Ti abbiamo chiamata per ore, ovunque, nel giardino, in cantina, negli armadi, cassetti, scatole, come potevamo immaginare che te la spassavi nel giardino della casa vicina, abbandonata da tempo. Sei tornata con uno sguardo strano, hai bevuto come non mai, poi sei andata a dormire sul mio piumone per tre giorni di fila. Poi pimpante ti sei presentata in cucina alla solita ora. Stavo per portarti dal veterinario, ma sei saltata con grazia sul letto, e per un paio di mesi non sei più uscita di casa.

C. Fossi scema, t'immagini questa carogna dietro i cespugli, pronta a fare fuori uno di noi.

N. Adoravi giocare con i ravanelli, che risate abbiamo fatto.

C. Adoravo l'odore e come rotolava, vi vedevo così felici di tirarmelo. Una volta ho preso un tartufo bianco e l'ho fatto rotolare sotto il piede del vostro ospite, che non poteva soffrire i gatti. Se avessi visto la tua espressione!

N. Sai che divertimento era la cena della sera che se ne andava, fine del risotto col tartufo.

C. Bugiarda, l'hai recuperato sotto il divano, facendo finta di cercare il ravanello, poi sei corsa in cucina e hai lavato e strofinato ben bene quel che rimaneva, e l'avete mangiato eccome il vostro tartufo.

N. Ciccia stai sparendo, non ti vedo quasi più, dai stai ancora un po' con me, dai piccola, un pochino. Ecco, sei sparita un'altra volta.

Un cielo terso spara in faccia alla narratrice, non c'è più traccia di nuvole, si sente defraudata dei suoi ricordi.

Narratrice. Odio questo azzurro implacabile, senza ricordi, ma domani chissà, o dopodomani. Rincorrerò le nuvole ancora finché vivrò. A presto, Ciccia.

12 Silvestro e il badante

Un vecchio gatto malato, sorvegliato e protetto da un cagnetto.

2014

Il suo nome da fumetto gli stava a pennello, bianco e nero come da copione, non bello, ma simpatico (si dice sempre così), era il capo della comunità gattesca di un minuscolo villaggio montano.

Per anni contribuì allo sviluppo demografico e gli abitanti umani, stufi di queste nascite a catena, decisero di provvedere, per quanto possibile, ad una sterilizzazione di massa.

L'unico scampato fu Silvestro, imprevedibile, si fece beffa di tutti i trucchi escogitati per acchiapparlo.

Divenne l'imperatore di questo reame felino, difendendo le sue micette con un'energia feroce a suon di botte, in caso di visite non gradite. Il coraggio non gli mancava, passava la vita a sorvegliare il suo territorio, a lungo raggio, con ronde continue, sonnecchiava con un occhio solo sul suo muretto, sempre in allerta.

Con gli umani aveva un approccio simpatico, ma non troppo ravvicinato, gli volevano tutti un gran bene, ma le sue grinfie sempre pronte gelavano il desiderio di coccolarlo.

Dopo dodici anni erano rimasti solo tre gatti, e un giorno Silvestro sparì per un lungo periodo.

Era primavera, le piante piano piano sbocciavano, e nel glicine che copriva i muri della casa, gli umani trovarono Silvestro svenuto, magrissimo, con una ferita purulenta al collo.

Fu portato in clinica, operato varie volte, e dopo un mese e mezzo di degenza fece ritorno nelle sue montagne.

Non aveva più alcuna somiglianza col Silvestro precedente. Di stazza grande, pesava la metà, il suo muso devastato stringeva il cuore, non usava più le unghie, e per la sua dannazione doveva portare un collare di plastica per evitare ulteriori danni.

Faceva una gran pena, ma la natura, generosa, nonostante tutto l'aveva dotato di un senso d'adattamento straordinario, con una facoltà di gioco inarrestabile.

Guardandolo si passava da un nodo in gola alla risata, era un clown nato. Piroettava, sembrava dovunque, rincorreva le mosche e divenne il gatto più coccolone che si potesse sognare.

Non gli scappò mai un graffio e la sua macchinetta a ron ron funzionava a pieno ritmo. Fu una rivelazione. Grazie a una casetta isolata in giardino che serviva da pensatoio e studio eventuale, venne organizzata una residenza per gatto convalescente, con cuscini vari, servizi sanitari coperti, con sabbia odorante, varie altezze di tavoli e di sedie, e una finestrina con apertura sul giardino con gazebo. Un quattro stelle gattesco, mancava solo la piscina per la quinta stella. Il cibo veniva servito due volte al giorno. In mancanza di puntualità, Silvestro usciva dal sentiero per avviarsi alla casa grande, miagolando fortissimo: allora, cosa succede oggi!

Nell'abitazione degli umani viveva un cagnolino chiamato Dudu, un diavoletto con i gatti. Non era possibile farli coabitare sotto lo stesso tetto. Dudu abbaiava come un pazzo quando vedeva la sua umana portare la scodella di cibo a Silvestro.

Di nascosto decise di vedere con i suoi occhi cosa succedeva in questa casetta e come se la passava Silvestro. Rimase incredulo, l'odore del disinfettante che emanava dal gatto era pungente (bisognava medicarlo due volte al giorno) e la sabbietta e i cuscini erano impregnati pure loro. Silvestro lo soffiò varie volte, poi lo ignorò voltandogli la schiena. Dudu se ne tornò a casa pensieroso.

Per settimane andò avanti uno stranissimo via vai, Dudu partiva verso la casetta correndo e tornava sempre lentamente con aria perplessa. Un giorno si udì un urlo fortissimo proveniente dal gazebo. In un balzo Dudu si precipitò abbaiando come un forsennato e si trovò davanti il grosso gatto grigio che minacciava Silvestro con le unghie; quest'ultimo si difendeva come poteva, impedito dal collare. Dudu, i denti fuori, urlando a più non posso, piombò addosso al belligerante e lo fece scappare di volata a suon di schiaffi.

Non guardò nemmeno Silvestro che non credeva ai suoi occhi, se ne tornò a casa con aria battagliera, mugugnando e guardando la sua padrona la spinse fuori per farla scendere verso la casetta con lui alle calcagna, tirando la sua gonna per farsi capire meglio.

Silvestro era agitato, aveva una nuova ferita vicino all'occhio. Dudu si distese davanti alla porta e l'umana disinfettò il poveretto e grazie a un bocconcino di tonno gli diede un antibiotico.

Dudu venne ricompensato con un bravissimo e un bacio tenero sulla fronte, poi guardò Silvestro con una specie di sorriso sbieco e uscì, fiero, pieno di dignità.

Da quel giorno non fece altro che montare la guardia, su e giù, in caso d'intrusione, ma il passaparola animalesco aveva funzionato, le visite inopportune divennero rarissime.

Si instaurò una connivenza tra i due animaletti: patti chiari, però, tu stai nella casetta, non ti fare venire in mente di capitare nella casa di sopra, se no, ti meno pure io. Ti vengo a trovare tutti i giorni, sa hai bisogno di qualcosa fammelo sapere, urlando. Affare fatto?

Dudu: Ciao vecchio mio, ma quanto puzzi!

Silvestro: Ciao, fetore ambulante, non ti sei mai sentito!

D.: Volevo dire che sai di medicinale, scemotto.

S.: Però, tu è di natura che puzzi, poveretto.

D.: E' così che mi tratti dopo tutto quello che faccio per te!

S.: Ti ho chiesto qualcosa?

D.: Ma non vedi come sei ridotto?

S.: Se voglio, sai come uso le mie unghie, anche con il collare.

D.: Hai visto come il grigio ti ha conciato l'occhio?

S.: Aspetta, e vedrai, prima o poi la pagherà anche questo deficiente.

D.: Piantala, non è più il caso, a te ci penso io.

S.: Spiegami perché lo fai, ti sono sempre stato antipatico, mi abbaiavi di continuo, non ti capisco.

D.: Apparteniamo alla stessa famiglia, ti vogliono molto bene, ho visto piangere l'umana quando andava a farti visita alla clinica.

S.: E' vero? tu però non puoi soffrire i gatti.

D.: Ma che te frega, tu non sei più un gatto, sei solo Silvestro, cambia tutto. Ora sono la tua guardia del corpo, quando hai bisogno, miagola forte e arrivo subito. D'accordo, diciamo che ti bado, sono il tuo badante.

S.: Che sarebbe a dire, non mi starai sempre fra i piedi, vero?

D.: Mica scemo, quando occorre e basta.

Poi venne il momento di lasciare la montagna, il giardino, lo spazio, il verde, per fare ritorno in città, poiché l'inverno era alle porte.

La divisione fu semplice, nella stanza studio si organizzò un ambiente adatto a Silvestro, che scoprì il caldo di un termosifone, le sbarre alle finestre e il traffico delle macchine come fondo sonoro. Dudu nell'appartamento non venne mai visitato da Silvestro, in compenso due volte al giorno scendeva a fargli visita.

Dudu: Hai visto che roba questa città? se vuoi ti racconto cosa succede fuori.

Silvestro: Che pacchia, fa caldo, i cuscini sono morbidissimi e così puliti, guardo fuori dalla finestra e vedo passare della gente, sento le voci, lui e lei vengono di continuo a coccolarmi, cosa vuoi di più?

D.: Ma no ti annoi, non hai voglia di sgambettare?

S.: Non ho fatto altro tutta la mia vita per procurarmi da mangiare, difendermi, sapessi che bello lasciarsi vivere, ci pensano gli umani, appena sto male mi portano da un veterinario così gentile, che mi importa di andare fuori, sto così bene sotto il calorifero, non ne hai idea. E' vero che tu non sai cosa vuol dire vivere da soli sempre fuori.

D.: Deve essere divertente l'inverno quando i fiocchi di neve ti cadono sul naso e che vai a dormire nel fieno del sottotetto.

S.: Ti geli le zampe da non sentire più dove cammini, per prendere un uccello, un topo, devi stare delle ore a ghiacciarti la pancia, però hai ragione, ci sono dei momenti magici, quando il sole di gennaio ti scalda la pelliccia sdraiato sul muretto, è un piacere unico.

D.: Oggi ho incontrato una cagnetta bianca bella, ma bella, non mi hanno lasciato leccarla, stavo quasi arrivando alle sue orecchie, ma le streghe umane hanno gridato di lasciarla stare, le maledette, la sogno ancora.

S.: Da quando mi hanno operato alla clinica, non me ne frega più niente delle gatte, guardo la luce, il sole, la pioggia da questa finestra, mi sdraio e godo di una pace che non sapevo esistesse.

D.: Silvestrino, sei vecchio, ecco perché, vecchio, operato. Io sono giovane, intero, adoro l'odore delle femmine, mi incavolo con i maschi, mi sogno tutte le cagnette che incontro andando a spasso. Nel parco, dietro casa, è pieno, non ne hai idea. Ci sono tanti alberi, ed altrettante cagnette di tutte le razze e grandezze, è un incanto. Ma visto che non me le lasciano avvicinare, diventa pura frustrazione, un incubo. Li odio questi umani. Io come uno scemo a leccare l'erba e gli alberi, ma ti pare normale?

S.: Calmati, se vuoi ti racconto quando le suonavo al gattone nero. Ce l'aveva con la tigretta, una creaturina sempre in calore, microscopica, gli umani non sono mai riusciti a prenderla, non era operata, era l'unica a richiamare una folla di pretendenti, ed io ero il numero UNO. Nessuno aveva l'esclusiva con lei, ma almeno mi rispettava un po' più degli altri. Tanto, le menavo che non ti dico, più per divertimento che per passione, tanto sapevo che non mi avrebbero mai cacciato, perciò, prima o poi ...

Però il Nerone mi stava sullo stomaco, strafottente, arrogante, grande e grosso, quante botte ci siamo dati, che morsi, che male, non è mai riuscito ad inserirsi nel nostro gruppo, in questo ho vinto io. Però è stato lui il responsabile del morso sul collo che poi si è infettato, ecc ... la ragione per la quale sono qui, alla fine mi ha fatto un favore. Lui in questo momento si sta congelando i polpastrelli aspettando che qualcuno si degni di portare un po' di cibo, e guarda qua, mi stai vicino, l'umana mi scodella dei manicaretti deliziosi, il caldo poi!

D.: Ti ha conciato per le feste però. Sai, al piano di sopra vive un cagnetto più piccolo di te, cattivo, ma cattivo, non hai idea, mi è molto, molto antipatico. Il mio sogno sarebbe di morderlo sopra la coda, dove fa tanto male, e di ridurlo in polpette, ha dei denti da caimano però, il piccolo mostro. Si può sempre sognare! Quante avventure hai vissuto, beato te, nemmeno una cagnetta mi hanno lasciato leccare, accidenti.

S.: Queste storie di sesso sono sopravvalutate, credimi, quando penso a quel che ho passato per delle micine nemmeno speciali, che perdita di tempo. Ero sempre a caccia, ne vedevo dappertutto, tornavo sul muretto ferito da tutte le parti, ho perso pure i denti in uno scontro frontale cadendo contro un muro.

Credevo fosse l'unico modo di esistere. Da quando vivo nel lusso, mi viene da ridere, sforzo zero, basta ronfare quando ti grattano la schiena, ed eccoti qua una scodella di tonno, o di nasello, o di pollo, basta fare finta di non gradire e ti cambiano subitola dieta. E' FA-VO-LO-SO.

Non te ne rendi conto, sei stato sempre coccolato, adorato, e ti fa pure schifo quando ti danno del pollo al posto del nasello, quando piove e che non hai voglia di bagnarti, sei tanto ma tanto viziato, privilegiato da fare schifo.

D.: Sbagli, sono molto riconoscente, guarda che sei molto più egoista di me. Vabbene, mi piace mangiare e sbafo qualsiasi cosa mi capita a tiro, ma sto attento al benessere dei miei padroncini. Invece tu te ne freghi allegramente di loro, fai tutto per interesse, ti ho scoperto, sai!

S.: Un po' di distanza non fa male, non possono pretendere di addomesticare un felino, dai, sono un gatto dopotutto, al cubo poi, anche da ferito.

D.: L'hai detto, senza di loro, nel glicine ti trovavano stecchito, o no?

S.: Nemmeno tu mi avresti lasciato morire, è dire tutto!

D.: Avresti fatto altrettanto per me?

S.: Non credo, eri così petulante, sempre ad abbaiare, urlare, rincorrerci, stufavi sul serio.

D.: Però ti ho salvato perché sono un cane gentile e premuroso.

S.: Cosa vuoi, la medaglia al merito, la mia riconoscenza ce l'hai già. Grazie, caro Dudu, però non farmela più pesare, per favore, non ne posso più. Sei simpatico, premuroso, facciamo un patto, siamo amici, ma ognuno rispetti la natura dell'altro. Ebbene si, sono un opportunista, ma anche io so fare felice chi mi ama, non è poi così male, o no?

Silvestro non c'è più, il suo corpo se n'è andato, Dudu non ha più fatto amicizia con un altro gatto.

Questa storia lo rende un po' meno assente se non eterno, per lo meno nella nostra memoria.

Il mio nome è gatto

13 **Furia, l'intruso**

Dove due gatti si incontrano, senza piacersi inizialmente.

2015

Mimì, la tigrotta, sta montando la guardia dietro al portaombrelli del corridoio buio, il campanello ha già suonato due volte, chi sarà a quest'ora così tarda?

Cosa aspetta la Chicca del suo cuore a guardare dallo spioncino, ma dai, corri, vieni ad aprire. Uno sciabattare stanco si fa sentire e finalmente, Chicca, tirata giù dal letto, si decide a dare un'occhiata, scocciata, e con voce rauca tuona: desidera?

- Sono Carlotta, apri per favore, scusa l'ora, ma è un'emergenza.

Chicca non trova la chiave, finalmente la porta si apre, e Carlotta, con una gabbia in mano, entra, sconvolta, il soprabito abbottonato di traverso, la sciarpa a penzoloni, il fiato corto.

- Scusa, sei l'unica che può aiutarmi. Mia madre è caduta, devo andare al pronto soccorso e non posso lasciare il gatto da solo, perché non so quanto tempo dovrò stare in ospedale, perciò ecco qua il Furia, ti telefonerò appena ne saprò di più, ma sai la mamma con i suoi 93 anni ...

- Va bene, ma lasciami anche le tue chiavi di casa, non si sa mai, se le due belve si azzannano dovrò riportarlo da te per forza.

- Stai tranquilla per il gatto, e in bocca al lupo per tua madre, dai, corri, sei in grado di guidare così sconvolta?

- Ce la farò, non ti preoccupare, ciao e grazie, scusa l'invadenza.

Chicca abbraccia Carlotta che, tesa come una corda di violino, sembra sul punto di svenire. Poggia a terra la gabbietta e corre verso l'ascensore. Rinchiusa la porta, Chicca accende le luci e perplessa non sa se aprire subito lo sportello del trasportino; nel frattempo, Mimì, lemme lemme, avanza farfugliando sotto i suoi baffi irti e il nasino schiacciato contro la gabbia soffia a più non posso contro un Furia già sconvolto di suo, infelice dal non poter capire cosa ci sta a fare, lui, il re della sua casa, in una situazione così ridicola. Cosa vuole la smorfiosetta a righe, come osa inveire e sputargli in faccia, le farò vedere, aspetta un po' bellezza, apritemi questo sportello, miseria, e di corsa, allora giù unghiate feroci contro le sbarrette metalliche, accompagnate da miagolii striduli e, mostrando il didietro della sua personcina, spruzza un getto di pipì maleodorante significativo. Ahimè ...

Chicca si siede per terra, prende poi in braccio la piccola Mimì, scocciata al cubo, e guardando il Furia che fermo e semi eretto nel poco spazio che gli lascia la gabbia, gli occhi spalancati, zitto le guarda con aria di sfida palese.

Chicca a voce alta: e ora che facciamo, ditemelo voi, due sciocchini, non lo capite, non abbiamo scelta, facciamo le persone civili, d'accordo?

Mimì brontola, i suoi splendidi occhi dorati, ormai con le pupille dilatate al massimo. Un bacio sulla testa, una stretta forte contro il petto della sua Chicca d'amore, non calmano il furore che la pervade dalle punte delle vibrisse a quelle dei suoi piedini.

Furia non lo è da meno, anzi, dopo tutto è lui la vittima della situazione, detenuto in una scatoletta di rete metallica, con un sudicio cuscino ormai inzuppato dalla sua pipì schiacciato contro la sua schiena.

Sospirando Chicca porta la gabbietta nel guardaroba in fondo all'appartamento, rinchiude con cura la porta e finalmente libera Furia che si precipita sotto a una poltrona. Lo lascia smaltire l'ansia nel silenzio della stanza.

Mimì, rimasta dietro alla porta, la guarda uscire interrogativa, agitando la coda a mo' di metronomo, strusciandosi contro le gambe della sua padrona si rotola ai suoi piedi. Chicca ormai sveglissima alle tre del mattino, sa benissimo che il sonno per oggi non tornerà. A 70 anni e passa non si dorme più a comando, tanto vale farsi una bella tazza di tè e mangiarsi qualche biscotto, coccolare Mimì e poi si vedrà come ammaliare il benedetto Furia.

Alle cinque del mattino, con passo felpato, apre la porta dello spogliatoio, non c'è bisogno di cercare lontano il gatto, non si è spostato di un millimetro da dove l'aveva lasciato, sempre tesissimo.

Le fa una grande pena poverino, lo chiama, gli porge qualche bocconcino prelibato di tonno che di solito fa sciogliere le difese. Non gliene importa niente, è pietrificato di incomprensione. Chicca prepara una cassetta igienica, molti cuscini sparsi vicino a un termosifone, una ciotola d'acqua e le solite crocchette. Il tempo potrà eventualmente aiutare a superare lo sconforto o per lo meno a favorire una convivenza forzata.

La madre di Carlotta viene operata al bacino. La degenza prolungata in ospedale non lascia molto tempo a sua figlia che deve starle vicina notte e giorno, l'invalida essendo molto fragile richiede un'assistenza continua. Così Furia, al terzo giorno di resistenza passiva prende possesso dello spazio nel guardaroba, dorme ormai sopra la poltrona, sporca nella cassetta, non mangia molto, beve e dorme. Non si lascia toccare. Appena Chicca apre la porta, si nasconde sotto la poltrona, il suo unico riferimento accettato, vecchia e consunta, ma così morbida.

Nella solitudine dorme sui cuscini, in caso di visite è protetto sotto dal volant della fodera. Chicca ogni giorno gli parla dolcemente, tenta di farlo uscire dalla sua ritrosia, senza grande successo. Dopo una settimana, mangia tutto il contenuto della ciotola, si vede dai peli sparsi di qua e di là che gira dappertutto nella stanza.

Approfittando del fatto che Chicca aveva chiuso male la porta, Furia arriva baldanzosa in cucina miagolando con vocina autoritaria: cosa si fa di bello in questo posto, mi annoio da solo IO. Dov'è la pupa a righe? Mimì non ci può credere, sa benissimo che nella stanza in fondo al corridoio alloggia l'intruso, ma cosa ci fa ora, nella sua cucina poi? Si lancia sopra al tavolo in mezzo alle tazze e ai bicchieri, arrotolata su se stessa guarda giù il Furia dal pelo rosso. Intruso, pussa via, borbotta, intruso malefico ...

Però, guardandolo meglio, lo trova pure bellino, quasi attraente, questo gradasso. Cosa faccio, si domanda. Scendo? Non oggi, è prematuro per una signorina. Dai, la prossima volta, vedremo.

Che smorfiosetta pensa Furia, non insisto, vado a perlustrare le altra stanze della casa. Un centimetro alla volta si impregna dell'appartamento, prova e riprova cuscini e sedute varie, ripiani più o meno alti, da grande acrobata arrampica sull'ultimo ripiano della libreria senza spostare alcunché, con scioltezza. Prova anche le tende di broccato delle finestre, senza soddisfazione, però lo strano tessuto che ricopre le poltrone lo sconvolge, ci affonda le unghie con una dedizione estatica. Grande! il piacere allo stato puro. Tira e ritira con energia le sue unghie affilate dalla poltrona blu, miracolosamente risparmiata dalle zampette di Mimì. Povere poltrone, non hanno mai subito un tale assalto. Il tappeto persiano che ricopre il pavimento di legno non lo lascia indifferente. Potrebbe diventare anche molto interessante, ma le poltrone sembrano fatte apposta per soddisfare le unghie dei gatti.

Furia se la ride da solo, che pacchia, un posto nuovo di zecca da perlustrare ed è solo l'inizio. Incomincia ad apprezzare la sua nuova condizione. Niente male pensa tra sé, vediamo domani la smorfiosetta. Da parte sua Mimì, acciambellata nella sua cuccia, sonnecchia riflettendo alla novità creata dalla vicinanza di questo strano suo simile. Cosa devo fare, il suo istinto lo ha rifiutato, però col senno di poi, ripensandoci bene, cosa si potrebbe combinare in due? (Precisiamo che le due bestioline, Mimì cinque anni, Furia 4, sono sterilizzati da anni).

Chicca non molla i suoi tentativi di seduzione, Furia si lascia ormai avvicinare, ma appena allunga la mano, fugge due metri all'indietro. Poi si avvicina irrispettoso e si lecca le zampe con una concentrazione esagerata. Le parla di continuo, ormai la porta dello spogliatoio è sempre aperta, Mimì non viene mai da queste parti, come Furia non si avvicina mai alla cucina né alla camera da letto dove Mimì dorme il sonno del giusto stesa sul morbido piumone.

Una mattina nel corridoio che funge da luogo d'incontro, Mimì uscendo dalla camera di Chicca si trova davanti Furia reduce da una nuova partita di graffiate, applicata alla poltrona blu del salotto, la sua prediletta. Furia allunga il passo dietro alla sculettante Mimì che gioca a "ma come si permette ... ", non entra nella cucina dove lei fa finta di non avere poi questa gran fame, però ripulisce tutto lo stesso in un batter d'occhio, e con la coda dell'occhio guarda verso la porta se lui la guarda, e lui guarda se lei ... ecc ...

Si ritrovano nel corridoio dove lui le dice a suon di miao strani di venire con lui nel salotto che le deve mostrare qualcosa di divino. Lei lo segue e lo vede tirare a più non posso sui braccioli della poltrona blu. Lei allora fa altrettanto su quella gialla, finiscono poi sul tappeto rotolandosi inseguendosi dietro alle tende, correndo su e giù dalla libreria, dal comò, due demoni scatenati.

Fatto strano, non distruggono nessun oggetto né sporcano nulla, solo le poltrone ormai bucherellate a dovere risultano lacerate dai loro graffi

Chicca scopre le loro prodezze, o meglio le loro malefatte, pensa che sono 50 anni che questo posto è rimasto intatto, perfetto, ma soprattutto poco usato. Il tappezziere rifece le fodere 15 anni fa, qualche visitatore si sarà seduto non più di una dozzina di volte, lei preferisce di gran lunga la sua camera da letto-studio, allora ...

Allora demoliscano pure questo gran bell'ordine, chi se ne frega davvero. Sono talmente buffi, il frenetico

Furia e la bella Mimì, che hanno trovato finalmente un terreno d'intesa, rispettosissimi uno dello spazio dell'altro. Le loro scorribande avvengono solo nel salone, facciano pure.

Chicca e Mimì si sono affezionate tutte e due all'estroversissimo Furia, e quando Carlotta torna a casa con sua madre ormai convalescente, Chicca si ritrova con un groppo in gola e Mimì non si muove dal suo cuscino per giorni. Si decide allora di organizzare con l'accordo di Carlotta delle visite regolari dove i mici si aspettano nel corridoio. Quando sente suonare alla porta, Mimì arriva correndo ed è la prima ad accogliere il suo amico del cuore.

Carlotta e Chicca sono vicine di casa da vent'anni, coetanee, ultrasettantenni, non sono state mai veramente amiche, grazie ai gatti incominciano a frequentarsi, ad apprezzarsi, Mimì e Furia non aspettavano niente altro che di possedere due schiavi a testa. Ben fatto.

14 Rossolo, il valoroso

Questa volta un gatto molto conciato riesce ad uscirne.

2016

Siamo nel Puy-de-Dome, in un albergo circondato da un grande parco, molto rigoglioso, attorniato da una cornice di vulcani. Tutto questo verde ci fa capire che l'acqua non scarseggia davvero. Dopo il solito rituale delle chiavi, documenti, informazioni varie, vedo da lontano una macchia rossa su un divano, mi avvicino senza far rumore per non svegliare il micio che sembra dormire sprofondato nei cuscini. Si sa che i gatti dormono con un occhio solo, lasciando l'altro vigilare: si gira allungando le zampe anteriori con molta calma, sbadiglia e mi lancia uno sguardo indefinibile, gentile ma riservato. Sta sulle sue. Lo saluto con civiltà mondana "Monsieur le chat, comment allez vous, residente in questo luogo o come me di passaggio?" Sospira, poi ritornando alla sua posizione iniziale, significandomi di non scocciare, riprende il pisolo dove l'aveva lasciato. Che domande gli avevo fatto? Ma era evidente che apparteneva a questo luogo da proprietario.

Una deliziosa fanciulla alla reception mi dà tutte le spiegazioni desiderate e più ancora, mi racconta la storia del gatto Garfield il pacifico, che ribattezzo all'istante Rossolo, che gli sta a pennello. Pesa sì e no una decina di chili, senza essere obeso, perché la sua stazza è molto grande, il suo mantello molto folto, di un acceso color rosa arancione, quello che gli inglesi chiamano Marmelade Cat, attira la carezza. Due grandi occhi giallo scuro squadrano il mondo con molta sicurezza, la sua bocca piccola, rossa come una ciliegina, sembra sorridere. Il musetto è un cerchio perfetto dove spuntano due piccole orecchie attente a qualsiasi rumore. è la simpatia fatta gatto, a d o r a b i l e. Le sue zampine sono delicate con dei guantini un po' più chiari della testa.

La voglia di accarezzarlo è violenta, allungo la mano tra le sue orecchie, e, miracolo, si lascia toccare e mi lecca le dita con molta cura una alla volta, poi di scatto si alza e sparisce.Eccovi la storia di Rossolo come me la raccontò la proprietaria dell'albergo, la sua devota ammiratrice. Una sera di febbraio, tre anni fa, pioveva forte, la strada viscida rallentava il traffico, sempre sostenuto in

questa zona industriale della Francia. Un'ombra nel buio balzò davanti ai fari, una frenata brusca, uno shock violento, e un corpicino fu proiettato sul bordo della superstrada, si trascinò per ore metro per metro e finì esanime nel parcheggio dell'albergo dove lo trovò il portiere. Fu adagiato su una tavola rigida di legno - si capì che aveva il bacino fracassato - e portato di volata nella clinica veterinaria di servizio. Ci rimase tre settimane e fu operato due volte.

Era così felice di essere vivo che la sua convalescenza fu relativamente breve. Sei mesi dopo, zoppicava ancora un po', barcollava ogni tanto, ma riprese la sua vita di gatto non più randagio, facendo da mascotte di uno staff affezionato. A dire il vero, non tutti gradivano la presenza di un gatto dentro quest'albergo a quattro stelle. Da una parte, gli adoratori del miracolato che lo coccolavano, dall'altra, quelli avversi che lo guardavano storto cacciandolo via dalle cucine a suon di pedate.

Fu chiamato Garfield, ma non era per niente un discolo come il soggetto dei fumetti. Rossolo è molto più adatto alla sua personalità, educato, gentile, una pasta di gatto; sapeva come comportarsi, sempre garbato. Il suo cuore, batteva forte per due persone: il portiere e la ragazza addetta alla reception. Prudente stava alla larga dei suoi detrattori, scomparendo nel parco a caccia di topi e bisce varie, che puntualmente portava a mo' di trofei nel garage, facendo urlare di disgusto le addette alle pulizie. Recuperò completamente l'uso delle zampe, la schiena un po' rigida non gli permetteva più di saltare con scioltezza, però ci provava e come, pur con minore eleganza. L'estate scorsa faceva un caldo infernale, la cantina diventò il suo rifugio prediletto, molto umida, ma il fresco lo ristorava. Ne usciva solo a notte fonda quando, una sera, avvertì degli strani rumori, un odore pestilenziale, un fumo scuro usciva da sotto la porta del locale caldaia e impianti domestici vari.

Un cortocircuito stava incendiando il vasto sottosuolo dell'albergo. Di volata arrivò alla reception, si gettò miagolando da isterico sul portiere, che capì che qualcosa non andava e seguì di corsa il gatto. Scoprì il disastro, arrivarono i pompieri, fu salvato il salvabile: questa fu la resa dei conti di fronte ai suoi detrattori. Non si amavano, non sogna-re, ma per lo meno da allora gli risparmiaro-no le pedate a tradimento.

Ci fu un patto chiaro in direzione, il gatto aveva or-mai diritto al divano del salotto di sopra e alla poltrona nell'atrio, dietro alle piante, dove, meraviglia, si vede tutto senza essere visti, si ha l'albergo intero sotto con-trollo. Il lusso assoluto. Gli vengono serviti i suoi piatti preferiti, tre volte al giorno, leccornie come panna e prosciutto, poi tante coccole da parte dei clienti. Ricambia (l'ho già detto, una brava persona) con i suoi ronron sonori, la caccia ai roditori che popolano il parco, facendo una bonifica efficace dell'ambiente.

Ma la cosa più incredibile avvenne l'anno scorso. Una guardiana notturna vegliava dietro alla scrivania, il naso sul computer per non addormentarsi (Facebook!). Verso le tre di notte, un cliente rincasò parecchio alticcio, rumoroso, bellicoso. Gli venne gentilmente consigliato di andare a dormire nella sua camera e di smettere di fare tutto questo baccano, tentò anche qualche battuta spiritosa che fece invece imbestialire l'uomo il quale saltò addosso alla malcapitata stringendole il collo. Rossolo che dormiva dietro alle piante gli si lanciò contro graffiandolo alla schiena e mordicchiandogli l'orecchio. L'uomo lasciò la presa urlando di dolore, la guardiana premette il bottone d'emergenza, la polizia arrivò con le sirene spiegate per cogliere l'ubriacone molestatore che si torceva dal male e già quasi sobrio.

Questo exploit finì sui giornali locali dove la foto di Rossolo, il detto Garfield, ebbe i suoi cinque minuti di fama, come direbbe Andy Warhol.

La riconoscenza degli umani fu unanime, non sapevano più come far felice questo esserino. Rossolo è un gatto modesto (rarissimo nei ranghi felini), non se la tira per niente, gli basta la stima e l'affetto dei suoi amici. Ma gli umani sono fatti così, amano i riconoscimenti. Gli conferirono due medaglie al merito per l'incendio e per avere salvato la guardiana. Quest'ultima, prima dell'accaduto, non poteva soffrire Rossolo, lo scansava: ora non sa più come rimediare alle varie villanie dette o fatte contro di lui nel passato recente. Se il gatto potesse parlare e chiederle di radersi il cranio a zero, lei, che va molto fiera della sua chioma, lo farebbe all'istante. Il caro Rossolo ha stravinto, diventando indispensabile. I vecchi clienti lo salutano con affetto e i nuovi lo trattano come un divo. Per il personale dell'albergo, è un eroe, ma sanno che il micio non desidera altro che un po' di pace e una bella vita a quattro stelle. E voilà.

15Mimmo e Mimì, i gemelli scatenati

Questa volta le avventure di due gattini birichini.

2017

Il mio nome è Mimmo, quello di mia sorella Mimì. Così fummo chiamati dai primi umani che ci presero in casa. C'era un Lui, una Lei e quattro mini marmocchi, con i quali ci siamo molto divertiti, finché due dei bambini e la padroncina non furono presi da allergia al nostro pelo: starnutendo disperatamente e con il fiato corto, dovettero trovarci un'altra sistemazione.

Tutto sommato, non ci dispiaceva troppo, anche a noi mancava l'aria in quella casa.

Così, da due anni viviamo con una vecchietta di 75 anni, dolce come lo zucchero che però a noi non piace, ma che lei consuma senza moderazione; risultato: è grassa come una palla e fa fatica a muoversi. A casa sua, siamo trattati come dei principi, però si gioca troppo poco, abbiamo un gran giardino, la casa vastissima è piena di angoli, armadi, cuscini e divani che fanno la gioia dei nostri pisolini. Cosa desiderare di più, direte? Ma voi non siete dei gatti, a noi manca il divertimento, un po' di follia per scatenarci. Sono stato buono per un bel po' di tempo, dovevo farmi accettare e mi sono trattenuto; ma ora, con mia sorella siamo diventati una macchina da guerra.

15Mimmo e Mimì, i gemelli scatenati

Per un po' di mesi, abbiamo osservato con cura i gesti delle persone che aprono e chiudono le porte e le ante degli armadi. Per voi è facile, ma per noi questa operazione richiede un sacco di ginnastica e di manipolazioni complicate, però con Mimì in groppa, ormai non ci resiste più una sola porta.

Ma il fine della nostra arte raffinata consiste poi nel richiudere tutto e nel non lasciare tracce dei nostri misfatti, soprattutto nell'armadio delle nostre crocchette.

Sono ormai mesi che facciamo fuori le provviste della cara vecchietta, ma senza esagerare, perché noi abbiamo una marcia in più e siamo molto riservati, teniamo nascoste le nostre doti, non ne facciamo motivo di vanto né ci esibiamo con delle prodezze da circo.

Davanti al balcone, nel giardino, ci sono due ciliegi ed un'enorme magnolia. Con un balzo, salto sui rami e sparisco nel fogliame, dove tengo d'occhio la fauna volante. Purtroppo, ci sono pochissimi passerotti, pettirossi, usignoli; in compenso, questi alberi sono devastati dai merli. Al tempo delle ciliegie, queste bestiacce sporcano tutto e non mi piacciono per niente, mi fanno pure paura.

Con Mimì, abbiamo bonificato il giardino, le cantine: non c'è più un solo topo vagante nelle vicinanze. Mesi fa, lasciavamo le nostre prede sopra il tappetino d'ingresso, poi abbiamo capito che l'omaggio non veniva gradito più di quel tanto. Da allora, Mimì, Cino (il gatto del vicino nostro amico) e io non lasciamo più tracce sanguinolente. Però è peccato, a noi faceva piacere, che strana razza questi umani!

Mimì: Ciao a tutti, sono Mimì, la Mimì come dicono a Milano, la gemella di Mimmo. Siamo due soriani tigrati bellissimi, lo so, suona un po' presuntuoso, ma lo dicono tutti "che belli, stupendi, ecc.", dunque prendiamone atto e non ne facciamo chissà che storia, siamo belli e fortunati. E così sia. Avete notato come la vita sia più facile, quando si è graziosi? Così, noi due viviamo di rendita grazie alla nostra bellezza, senza vergogna, ma anche senza tirarcela troppo: non esageriamo!!!

Mimmo è sempre pieno di idee grandiose, ma non ha spirito pratico; io invece sì, essendo anche più leggera, riesco ad arrivare dove lui non ce la farebbe mai. Come tutti i gatti siamo agilissimi, però il nostro marchio di fabbrica consiste nel non lasciare mai tracce: non rompiamo vetri, vasi, ecc. per accalappiare qualche bel bocconcino, o un uccello malcapitato; facciamo sempre in modo di lavorare con garbo, se possibile. Ce la godiamo un sacco, ecco: più il compito è difficile, più c'è gusto. Solo noi due, perché Cino è un po' maldestro: abbiamo provato ad insegnarli due o tre regolette, ma ogni volta o si fa male o demolisce tutto.

L'unica cosa che non siamo ancora riusciti a risolvere, ci resiste ormai da troppo tempo: sono le chiusure a chiave, come girare la chiave, se non con la bocca? Ma l'ultima parola non è ancora detta, ve lo assicura la Mimì. In fondo, io personalmente non sono tanto golosa da rischiare l'osso del collo per un pezzettino di nasello: è piuttosto per l'arte, il gioco, la passione, diciamolo pure chiaro.

Mimmo: Un corno, se non c'è un bocconcino, chi vuol stare a fare tutta questa fatica? Scusa, ma sei scema, l'arte! sei fuori di testa, cocca mia!!!

A proposito, sbirciando dalla magnolia ho visto la signora di Cino che si dava da fare con dei pesci in cucina: li stava cucinando. Così, quando li lascerà cotti accanto al gas e andrà nel soggiorno, noi due facciamo sparire qualche pezzetto delizioso che divideremo con Cino, visto che a te non interessa!

Mimì: Vado matta per il pesce, però ho più voglia di un pisolino che di cibo; ora me ne vado a riposare nell'armadio delle lenzuola, tra le federe appena stirate, che bellezza!

Mimmo: Peggio per te, mangerò io la tua parte insieme a Cino.

Un quarto d'ora più tardi:

Mimmo: Dai, apri la porta, sono io, ti devo parlare.

La porta si apre lentamente, una zampina si fa strada in mezzo alle federe che sanno di lavanda, poi compare assonnata una Mimì poco ciarliera.

Mimì: Che vuoi? Stavo sognando di prati verdi, ma cosa ti sei fatto, sei ferito?

Mimmo: Niente di grave, solo qualche graffio alla zampa e al collo. Una baruffa pazzesca. Non hai idea: scavalco il muretto di cinta, arriva Cino e ci avviamo verso la porta finestra della cucina dei vicini, quando un cagnaccio grosso e nero ci piomba addosso ringhiando, denti fuori e bava alla bocca; mi ha graffiato con le sue unghiacce. Però io sono molto più veloce di lui e lui non sa saltare. Così, fregato: niente nasello. Ma da dove salta fuori quella bestiaccia della malora?

Mimì: Ho scordato di dirtelo, ci sono ospiti di là, sono arrivati ieri sera a casa di Cino; sarà il loro cane, chissà come se la passa Cino?

Mimmo: Potevi dirmelo prima, scusa. Ed ora, dove rinchiuderanno il povero Cino? finché lì c'è il Labrador non possono lasciarlo libero, è troppo pericoloso questo cagnone ...

Mimì: Dai, andiamo sul ramo grande della magnolia a dare un'occhiata, per capire come vadano le cose, qui accanto.

L'ultimo ramo dell'albero si troverà più o meno a otto metri d'altezza, domina la situazione sul vicinato ed è stato da sempre l'osservatorio prediletto di tutti i gatti vissuti nella casa. Mimì e Mimmo passano delle giornate intere a seguire il viavai degli abitanti, di Cino, non si lascerebbero sfuggire nessuna novità, anche la più insignificante. Rappresenta l'evento centrale delle loro giornate.

Non sono dei gatti contemplativi, ma come per tutti i felini è meglio essere informati che presi di sorpresa.

Sono appollaiati, due statue immobili, sdraiati all'egiziana, estatici, lo sguardo puntato a laser sull'essere nero che gironzola nel giardino, aspergendo di pipì odorosa qualsiasi cespuglio; segna il territorio con metodo l'ospite di Cino!

Un venticello leggero agita le foglie, allora Mister Labrador alza il naso e scorge i due gatti, salta come un matto, corre a destra e sinistra abbaiando a più non posso, poi gratta il muretto di rabbia, gli è passata la voglia di innaffiare le piante, sembra un ballo surrealista: fa un baccano tale che la signora di Cino esce preoccupata o, vedendo i due mici sui rami, le viene da ridere e tenta di calmare il povero cane. I gatti come a teatro escono di scena con eleganza, ridendosela come matti.

Mimmo: Hai visto come è grasso?

Mimì: Molto grosso, molto nero, molto arrabbiato, molto scemo. Lascia perdere, per oggi: torniamo domani e vediamo di buttargli qualche foglia per farlo arrabbiare. Che buffo!

Anch'io posso dire la mia, credo. Sono Viola, la "vecchietta" che condivide la tana con le due adorabili creature.

Sono arrivate nella mia vita che scorreva tranquilla, cambiando drasticamente il mio tran tran giornaliero. Ci osservavamo, ognuno col desiderio di sedurre l'altro, ovviamente il troppo storpia e non può andare avanti all'infinito: così, un po' alla volta ognuno di noi è tornato alla sua vera natura e ... ha reso più facile la convivenza.

Mi sembrava di ospitare due spie del KGB che si osservano ventiquattro ore su ventiquattro. A che pro, mi chiedevo, che cosa hanno in testa, perché non fanno i gatti come tutti gli altri, accidenti; ma cosa mai combinano questi due tigrottini?

Erano molto tranquilli, in principio, poi hanno preso confidenza con il nuovo ambiente, perlustrando metro dopo metro la casa, il giardino, i dintorni. Si piazzavano sul davanzale della finestra e sorvegliavano i miei movimenti in cucina, per ore. Amo cucinare e passo molto tempo davanti ai fornelli, il che sembrava calamitare la loro attenzione.

La memoria alla mia età non è granché, sposto spesso degli oggetti che poi non trovo più, facendomi arrabbiare parecchio. A un certo punto, sparivano davvero troppe cose mangerecce di piccola entità, immaginavo che i ladruncoli fossero le due spie, ma trovando sempre chiuse le porte della dispensa, non sapevo più cosa pensare. Sorvegliavo i due innocenti che non si sono mai fatti prendere in castagna, anche se so di certo che studiando i miei movimenti sono riusciti a diventare due professionisti imprendibili del furto senza scasso, ripetibile all'infinito. Ormai per loro si tratta di un gioco, l'unica salvezza sta nella chiusura a catenaccio del frigorifero ... I fratelli sono legati tra loro in modo talmente complice che non hanno bisogno più di tanto della mia presenza. Il che mi dispiace un po', adoro le coccole gattesche, ma la loro intesa è troppo bella a vedersi, mi gratificano ogni tanto di una ronfatina sonora di contentino.

Sono felici e liberi senza limiti, come dire GATTI per antonomasia.

16   Ciccia forever

*Questa volta la storia di Ciccia, la musa che ha
influenzato la creazione della Gatteria.*

2018

Dopo varie esperienze "gattesche" finite in tragedia, fu deciso di non ricadere più in situazioni del genere. Questo succede a tutti i padroncini di animali che giurano "mai più", dopo la morte dei loro prediletti. Per qualche mese non fu troppo difficile resistere, grazie al lavoro, allo sport, gli amici, ai viaggi, ma il vuoto incolmabile che ti stringeva il cuore ti faceva capire che, come per un drogato, la tua dipendenza era sempre presente: "Cat addicted" ci nasci, è iscritto nel tuo DNA questo bisogno di gatto o di cane, o cavallo ... Si incontravano gatti ovunque: gli amici insistevano per regalarti la bellissima gattina appena svezzata, il gattino così malconcio trovato in pattumiera, quello finito sotto alla macchina, ma indenne, bisognoso di assistenza, ecc. ... State attenti, i ricatti affettivi sono i peggiori.

Con questo stato d'animo, un bel giorno (si fa per dire) sbucò una quantità di zampine che si intravedevano dallo spazio lasciato sotto al portone dirimpetto al mio studio. Questo millepiedi gattesco era così divertente che, senza pensarci due volte, busso e mi trovo all'interno di un cortile cintato dove, come ebbi presto modo di sapere, tre generazioni di soriani si facevano mantenere da un padrone devoto e molto generoso.

Nonni, genitori e figliolanza, tigrotti dalle righe nere su fondo chiaro sembravano calcati l'uno sull'altro, un bell'allevamento di bellezza e grazia felina. Li guardavo come in un sogno, ne presi uno in braccio, era fatta: fregata anche questa volta. La piccola bestiola si nascose sotto alla mia ascella, e si mise a succhiare il mio maglione, fuggì nel mio studio vicino e andò subito a mettersi sul mio tavolo da disegno. Per un po' mi lasciai incantare dal musino così ben proporzionato, dalle righe del suo mantello così simmetriche, perfette. Il mio compagno di vita (altra vittima del mio stesso virus) scoprì il tradimento del patto e guardò storto la "cosina" tanto terrorizzata che sembrava non respirasse nemmeno.

Giunte che fummo in casa, andò a nascondersi sotto al tavolo e vi rimase per tre giorni durante i quali non si nutrì, né si mosse mai: faceva il morto. Disperata, stavo per riportarla nella sua famiglia, quando mi si avvicinò annusandomi ben bene, si arrampicò sui pantaloni (che male!) e, arrivata alla mia spalla, mi studiò con cura e decise che si poteva provare, poiché gradiva il mio odore.

L'appartamento non era grande, ma perlustrare ogni angolo e tutti i mobili richiedeva un certo tempo: ci mise due settimane, strusciandosi ovunque, possessiva al massimo. La casa era tappezzata di iuta e di paglia (roba da stupidi, lo so) così il risultato dell'esplorazione "a graffio" si può immaginare. Del resto, che cosa desiderare di meglio, come palestra d'arrampicata? Imparò a salire sull'armadio della camera da letto per gettarsi sul letto come Geronimo, con un tuffo a capofitto che la faceva impazzire di gioia.

Ci fu un viaggio all'estero, un'amica si offrì come "catsitter" durante la nostra assenza per accudire la piccola, che non smise di saltare su e giù dai muri, si infilò negli scaffali della libreria, distrusse una collezione di porcellane inglesi e buttò giù dagli scaffali qualsiasi cosa che potesse rompersi.

Al nostro ritorno, dopo 12 ore di volo senza avere dormito 24 ore, sognavamo solo un letto. Aprendo la porta, scoprimmo la casa devastata, l'amica sparita, una gattina troneggiante in mezzo ai cocci e la carta slabbrata che pendeva dalle pareti. Mi misi a piangere in questo campo di battaglia. Sembrava un film comico-grottesco: come un esserino di un chilo e mezzo fosse riuscito a combinare un pasticcio del genere sembrava davvero un mistero. La cosa più divertente era l'atteggiamento della gattina, spavalda, ci sfidava con un'arietta di superiorità che sembrava dire: bisognava pur passare il tempo, no?

Troppo stanchi per pulire rassettare ci buttammo sul letto - la pelosina sempre al nostro seguito: finalmente sdraiarsi, chiudere gli occhi e D O R M I R E. Ma la Micetta, sola da troppo tempo, non l'intendeva affatto in questo modo, lei voleva un po' dia azione, di movimento e, con i suoi artigli affilati, piantò con forza le unghie nel piede del padroncino e graffiò con dolorosa energia le braccia della padroncina. Svegli tutti, ora si gioca!

Una rabbia fredda ci fece alzare, sbattere nella gabbietta la non ancora nostra "pelosina", per riportarla nella sua famiglia d'origine. Basta, aveva superato i limiti della nostra pazienza.

Arrivati in macchina, il cesto sulle ginocchia, la micia stava miagolando mogia, il padroncino facendo marcia indietro infilò il gancio da roulotte sotto il paraurti della macchina parcheggiata dietro la nostra, trascinandola con noi. Per districarci ci toccò saltare come pazzi sul cofano aperto. A questo punto, avevamo perso le ultime forze rimaste E tornammo a casa con la gabbia in mano. Non era la nostra giornata e così Miss Ciccia ritornò in mezzo ai cocci: crollammo abbattuti in mezzo al caos.

In seguito, ci fu un tentativo di pensione estiva, una specie di colonia per gatti, dove la "cosina" fece lo sciopero della fame, e indebolita si buscò una polmonite, che fu curata con un mese di antibiotici, col rischio di perderla. Messaggio chiaro: vivere con Ciccia significava meritarsela prima di tutto e non lasciarla mai da sola. Contratto da rispettare e poi effettivamente rispettato per tutta la sua vita.

In seguito, avvenne un trasferimento in campagna che cambiò drasticamente la vita di tutti: la nuova casa era molto grande, il giardino pure, così come il lago lungo il quale vivevamo.

Coraggiosa ma senza esagerazione, rimase tre mesi sotto il letto della camera padronale prima di decidersi ad avventurarsi nella scoperta della nuova abitazione.

Fischiettando molto male il motivetto di Dixieland, si scoprì che era possibile metterla in stato di trance; la canzone divenne il suo inno personalizzato, un richiamo che la faceva precipitare o risalire da ogni dove. Più stonato e acuto risultava, più efficace era il risultato.

Costretta a convivere, suo malgrado, prima con Mosè, bianca con mascherina, poi con il figlio Gherson, sempre caratteriale condusse la propria vita di gatto di 12 anni, sotto il calore della lampada che serviva a illuminare le lastre da incidere, facendo lo slalom tra i colori di stampa, occupando il piano del torchio, e aggredendo gli ospiti con i due canini rimastele, attaccando fulmineamente e imprevedibilmente, almeno per chi non la conoscesse. Il segno del comando, restava l'occupazione della zona considerata strategica: il letto.

Anche lei, come vi diranno gli intenditori di gatti, parlava: forse grazie alla percentuale di siamese che era in lei. Gelosa, faceva il broncio se non la si chiamava al momento di andare a dormire.

Sfruttammo in modo opportunistico le sue fisime: anche moribonda, il veterinario non riusciva a beccarla in casa; invece quando veniva portata nel suo studio, anche sanissima, per la vaccinazione, sembrava uno straccetto.

Proseguì la sua vita di pensionata civile, apparentemente senza scopo, ormai, senza sapere di aver marcato indelebilmente delle esistenze umane, e di aver contribuito alla creazione e all'espansione della "Gatteria". Il suo aspetto estetico lasciava ormai molto a desiderare, le pose non avevano più nulla di nuovo, sembrava divenuta quasi un'imitatrice di se stessa: ma manteneva caparbiamente il diritto al suo posto, possibilmente al sole; quasi come quel modenese che un giorno mi raccontò, serissimo, del gatto mutilato a una zampina che teneva a pensione vitalizia, per conto di un circo dismesso (mai riuscito a capire se fosse vero o se scherzasse).

In questi episodi slegati che tornano alla mente, esposti qui di seguito, non mi riesce di vedere un percorso unitario, tanto che sarebbe semplice attribuire al caso (dei gatti) la serie di eventi memorabili; ma non vorrei che ciò fosse considerato riduttivo: mi illudo davvero che siano i segni o di una scelta di vita, o dell'essersi abbandonati confidenti al destino di Ciccia ... .

17 Dal diario di Ciccia

Questa volta pagine del diario di Ciccia.

2019

1990 L'AMORE

Ciccia, dopo sei anni di zitellaggio senza deroga alcuna, anzi, con una sempre maggiore combattività, si arrese all'amore con tre A maiuscole.

Si presentò un giorno di maggio uno splendido, coriaceo, enorme, gatto nero, e lei si sciolse istantaneamente. I loro amori durarono dodici ore, con molta intensità e, da parte di Ciccia, con totale devozione. Placata la passione, Micio nero se ne andò, lasciandola sul suo muretto da guardiola, sconsolata.

Rimase lì per settimane ad aspettarlo, poi riprese la sua solita quotidianità. Non era gravida. Sei mesi passarono, poi una notte due occhioni gialli nel buio si fecero avanti a gran suono di miagolii: Cicciaaaaa. Era lui. Il vetro della finestra li separava, ci fu un delizioso concerto di fusa, da entrambe le parti. Durò anche questa volta dodici ore, poi, di nuovo, l'appostamento sul muretto e l'attesa, seguiti dal ritorno ai pisolini, alla caccia di uccelli.

Fedele al suo orologio amoroso, Micio nero dopo sei mesi ricomparve. Tutto si volse di nuovo come da copione. Poi il maschio sparì per non tornare più.
Non ebbe mai gattini, e nessun altro amore: ogni tanto, però, i suoi grandi occhi risplendevano, come quando micione nero la teneva a bada con la sua zampona possessiva, ma tanto protettiva.

1991 IL RAGGIO DI SOLE

Ogni mattina, alle otto in punto, Ciccia la soriana picchiava di santa ragione Mosè, la dolcissima bianca e nera. Un raggio di sole a quell'ora irradiava il corridoio, scaldando il pavimento di marmo. Ciccia vi si sdraiava, beandosi di ogni millimetro di questo regalo giornaliero. Mosè arrivava anche lei, però eretta davanti a Ciccia, facendole ombra, scatenando la sua ferocia, che a suon di schiaffi tentava di fare capire alla piccola tontarella la bellezza di questi attimi di assoluta pacifica magnificenza, se non di poesia: il saluto al sole!

1992 LO SCIOPERO DELLA FAME

Troppo, era davvero troppo. Dopo anni di amore folle, i padroni avevano portato a casa una "cosa" ignobile, bianca e nera, strabica, con una macchia nera a forma di   berretto.

 Solo in campagna un gatto va in giro in questo modo. Dolce e, per giunta, ammalata, ora erano tutti addosso alla cosetta; e Ciccia allora, che ne è di Ciccia? ma scherziamo? Ci sono anch'io, capito? Non le davano retta; allora, d'accordo con il suo sindacato ciccesco decise lo sciopero della fame: radicale nell'anima, si concedeva solo un po' d'acqua. Al mattino, la ciotola odorava di scatola di tonno.... pungente, quel tonno! Uscì eretta, dignitosissima e andò ad appollaiarsi sul suo muretto preferito, dando la schiena agli umani. Il sole si stava spegnendo dietro il monte, il lago risplendeva, Ciccia non sapeva più cosa fare; tornare a casa significava vedere la cosa, e, peggio, loro tutto miele e zucchero con lei. Poi l'odore del cibo: lo stomaco incominciava a farsi sentire.

No, no: occorreva resistere stoicamente, tornare a mostrare quanto poco contino, sia loro sia il cibo. Così entrò in casa, si voltò faccia al muro e si addormentò (Qui dort, dine, dicono i Francesi). Al mattino, la padroncina si avvicinò, in apprensione; dai, Ciccia, cosa c'è che non va, ti porto dal veterinario. Guarda che ti cucino un po' di nasello. Toh, pensò la micia, mi fa il colpo del nasello, non ci casco: piuttosto morta! Così si fece cucinare il pesce che dopo cinque minuti impregnava tutte le stanze col suo odore penetrante. E

Ciccia non essendo uscita si immerse del profumo, si gettò sulla ciotola che vuotò in 30 secondi e vomitò tutto, in meno tempo ancora.

Disgustata dalla sua mancanza di costanza, ma soprattutto dalla propria ingordigia, se ne tornò sul muretto, furiosa contro il mondo intero.

1993 GHERSON

Gherson nacque dalla morte di sua madre, l'adorabile Mosè. Una voce poderosa, devastata dalla fame che lo faceva urlare in un corpo di 75 grammi. La sua voglia di vivere era violenta. Aiutato da presenze umane poté crescere, però gli mancò sempre il calore e l'insegnamento della sua mamma, della sua natura.

Era di una rara bruttezza: due enormi orecchie venivano fuori di colpo, rendendolo inconfondibile. Era molto amato dalle sue nutrici e madri adottive. Il problema era Ciccia: la morte di Mosè l'aveva resa folle di gioia, aveva subìto la sua presenza per anni, ora la sua sparizione le restituiva la posizione iniziale da lei preferita: unicità!
Di un egocentrismo totale, non era nelle sue abitudini condividere alcunché con chicchessia, men che meno condividere i padroni e le coccole. Piano, dopo un isolamento di due mesi era venuta l'ora di fare le presentazioni. Questo microscopico gattino, scatenato, pronto a tutto, felice di scoprire questo vasto mondo alle prese con un'enorme gatta, si lasciò ingenuamente avvicinare. Ciccia ebbe un colpo, non poteva credere ai propri occhi: ma allora si ricominciava da capo, ma questo mostro era un altro gatto ... !!! Gli sputò addosso urlando mille improperi irripetibili, augurandogli delle vicissitudini orrende tanto che, senza la presenza protettiva degli umani, l'avrebbe mangiato e digerito senza stati d'animo.
Non fu così, tanto è vero che lo subisce ancora oggi. Per mostrare quanto fosse superiore, faceva delle fusa

rumorosissime in presenza di Gherson, molto più soffuse nell'intimità. Il piccolo capì e imparò al volo. Anche lui scoprì il dolcissimo ron-ron che piace tanto a chi lo ascolta e così si passò alla gara tra chi sapeva fare le fusa a più non posso: non per piacere, ma per dispetto puro e semplice.

1994 LA FAINA

Il giardino era vasto e, a sentire gli autoctoni, troppo piantumato; infatti crescevano rigogliosi tantissimi alberi che toglievano la vista, ma conferivano alla casa un'atmosfera molto romantica. Ciccia essendo vissuta in città per molti anni, con molta cautela prese possesso di questo nuovo circondario, circospetta, ma decisa a non lasciarsi fuggire gli abitanti di nessuna pianta, di nessuna fessura.

La sua principale occupazione fu di cacciare qualsiasi tipo d'invasore e di difendere coi denti e le unghie il suo territorio. Non aveva più tempo libero, rimase sulla difensiva 24 ore al giorno. Quando rincasava la sera era distrutta e dormiva sognando risse memorabili, almeno a giudicare dai balzi che la scuotevano! Soprattutto le dava fastidio un bel miciotto del vicinato, mansueto, che aveva una predilezione per il tombino del gasolio. Diventava una iena, quando lo vedeva leccarsi le zampe sul suo tombino: gli piombava addosso a suon di schiaffi e graffiate, finché il poveretto volava via attraverso la siepe, verso il giardino vicino più accogliente e riposante.

Una sera, Ciccia non ricomparve e essendo molto abitudinaria, si presume che avesse incontrato qualche intoppo imprevisto. Era novembre, faceva freddo, il vento fischiava nei rami: non era da lei, così comoda com'era nella propria casa, gelarsi senza ragione. Dopo ore, al bagliore di un fascio di luce, s'intravide la sua sagoma, le orecchiette abbassate e uno sguardo da panico, ipnotizzata. In qualche modo fu riportata a casa, dove rimase per giorni senza dare segno di volere fare la sua solita ronda di d'ispezione. Si scoprì poi una bellissima faina che si aggirava per la campagna.

Così si può immaginare il dialogo tra le due nemiche:

- Vai via dal mio giardino, strano animale
- Parli con me, bellezza?
- Ma come si permette!
- Falla corta, stupidotta. Non vedi che sono una faina, che se appena voglio ti faccio a pezzi. Hai visto le mie unghie, i miei denti, la forza dei miei muscoli e, soprattutto, la fame che mi fa venire nel tuo stupido giardino senza un coniglio, una gallina da mettersi sotto ai denti? Sei solo una spelacchiata gatta snob che si dà anche delle arie. Ma guarda, sei troppo magra, non vale nemmeno la pena di ucciderti per mangiarti in due bocconi. Ti saluto, hasta la vista.
- (muta)
- Non te ne vai?
- (Non mi reggono più le gambe)
- Beh, io vado, ciao.

E così Ciccia non mise più piede nel giardino, nelle notti d'inverno. E però continuò a dare la caccia ai gatti (ma solo d'estate).

1995 LA TOVAGLIA

Faceva un caldo infernale, nella cucina dove si stava preparando la cena. Ciccia, allettata dagli odori aveva tentato di dare una mano alla padrona di casa, assaggiando di qua e di là, poi, non sentendosi capita, dopo una sgridata se ne andò sdegnata in un angolo appartato, dove si poteva vedere a 360 gradi senza essere disturbati.

Poi venne il momento magico: nella sala da pranzo venne stesa sul tavolo lungo una tovaglia di lino bianco inamidata, poi apparirono cristalli, argenteria e porcellane, in uno strano ordine. Nel suo angolo, con gli occhi socchiusi, Ciccia non perdeva una mossa: non vista, si era infilata nella sala da pranzo, proprio un attimo prima che la porta si chiudesse. In un balzo elegantissimo, perché ben collaudato, si stese nel centro tavola lasciato libero apposta per lei, il naso tra i bicchieri, le zampette anteriori sulle posate e, per finire, la sua bellissima coda a righe dentro il piatto.

Si stava divinamente bene su questa stoffa così fragrante odorosa di fresco. Questa felicità fu molto breve, la porta si aprì e un urlo tremendo la fece sobbalzare. La sua padrona era livida. Fu una vera lotta: scappare, od ancorarsi al meraviglioso lino. Scelse la tovaglia. Qualche goccia di sangue (non il suo) macchiò questo abbagliante candore, poi cadde un glaciale silenzio di catastrofe, e una animazione frenetica ne seguì immediatamente. Fu rinchiusa a gran velocità in una camera da letto, da dove sentì poi lo svolgersi della serata e non poté neppure godersi un ingresso, da gran gatta, verso la fine del pasto, ammirata da tutti. Ma perché poi?

18 Piuma

Una vita da gatto.

2020

La montagna risplendeva nel suo manto verde di giugno, un cielo limpido senza nubi illuminava la natura in piena fioritura. Nascevano marmotte, cervi, daini, gattini ... In luglio arrivò la canicola che inaridisce i prati, prosciugando i torrenti. In agosto i temporali pomeridiani resero l'aria più respirabile, carica di elettricità. Ormai i cuccioli delle razze le più svariate erano svezzati, e si avviavano alla scoperta di questo mondo tra giochi e insidie, sopravviverebbero i più robusti.

Una micetta a pelo lungo di uno strano colore grigio beige rosato arrivò, una sera, in un alpeggio, vagando sfinita in mezzo alle malghe, cercando un riparo e se possibile un po' di cibo. Non si lasciò scappare nessun roditore o volatile, ma quando scoprì un avanzo di qualche scatoletta, le sembrò una leccornia, una prelibatezza che ingoiò con avidità. Si arrampicò sotto il tetto di una stalla chiusa e dal lucernario si introdusse all'interno lasciandosi cadere nel fieno dove dormì per ore. Il motto della gatta potrebbe essere "carpe oram", vive il minuto presente come se fosse l'eternità, beato animale!

Perlustrò la piccola frazione di case abbandonate, e le provò tutte, una alla volta finché si stabilì in una grande baita di pietra, disabitata da almeno vent'anni, ne frugò ogni angolo ispezionò le stanze, la stalla, e decise che sarebbe sua. Adorava sdraiarsi sul davanzale della finestra dove i primi raggi del sole le scaldavano la pelliccia e il suo sguardo si perdeva verso il fondovalle. La sua stanza preferita rimase sempre la ex casera con il suo grande camino dove era rimasto appeso un paiolo di rame ormai brunito, coperto di ragnatele e una quantità di attrezzi per fare il formaggio, la baratta per il burro, i mestoli anneriti. Si sentiva a casa in questo ambiente annerito che odorava di camino sporco. Tornava sempre nel suo regno dopo le sue frequenti assenze dovute alla ricerca affannosa di cibo. Non lasciava nessuno avvicinarsi troppo alla sua casa. Le porte le finestre essendo tutte sbarrate, l'unico accesso rimaneva il lucernario dove anche lei era penetrata la prima volta e se per caso la vista di qualche uccello o gatto si verificava, il malcapitato veniva cacciato fuori a suon di urla e graffiate e non tentava nemmeno di insistere. La micia aveva impregnato tutta la casa del suo odore a scanso di equivoci.

L'alpeggio dominavano la valle a 1300 m di altitudine, era situato in una radura in mezzo a un bosco di pini e di betulle. Lo si poteva scorgere dal villaggio giù nella valle. Era sempre illuminato dal sole. Una dozzina di case componevano il centro abitato, costruito intorno al '600 in pietra grigia, mura e tetti, sembravano intatte stipate una addosso all'altra con vicoli stretti per separarle. Una enorme fontana gorgogliava in disparte e in cima alla località si erigeva una deliziosa chiesetta con una data iscritta sopra la porta, 1611. Un sentiero molto sconnesso si perdeva nel bosco, ormai nessuno, da anni veniva più con le mucche. Era chiamato Nava. Ci mancavano solo Biancaneve e i sette nani. La micia era nata nell'alpe in alto in mezzo alle mandrie in una malga molto famosa per la qualità del formaggio che produceva: erano in troppi lassù, tra mucche, cavalli, maiale, cani e gatti, Era fuggita dalla confusione e il suo rifugio le piaceva immensamente. Non si può avere tutto nella vita, pace e pane. Così scelse la quiete, per il pane se ne andava giù a valle percorrendo i soliti sei o sette chilometri, cercando di impietosire qualche anima buona. Di solito ci riusciva molto bene, anche perché era molto graziosa con il suo pelo lungo e i suoi grandi occhi giallo verdi. Non miagolava mai, non era una mendicante, la sua dignità le impediva di dare troppa confidenza. Il suo modo di ringraziare era uno sguardo schietto, senza fronzoli, ma riconoscente. Quando si presentava nei cortili del villaggio di sotto, quante mani tentarono di prenderla in grembo, facendola fuggire a zampe levate, che non sia mai detto! Aveva un musetto delizioso e una stazza minuta, a parte la magrezza dovuta alla mancanza di nutrimento adeguato. Attirava la carezza che rifiutava con terrore.

In mezzo al bosco, due cittadini avevano costruito il loro sogno bucolico, restaurando una vecchia baita molto grande con due enormi balconi di pietra come il resto dell'abitazione e creato intorno un magnifico parco naturale dove crescevano esclusivamente delle piante e fiori locali. Adoravano questo posto, si dedicavano per mesi a sistemare casa e piante con passione, animali inclusi. Dietro alla loro legnaia avevano installato, su un piano riparato, due grossi bacinelle di plastica, colme di cibo secco per i gatti. Durante i mesi invernali non potendo accedere ai loro poderi con mezzi nor-

mali, salivano con una motoslitta e appena il rumore del motore echeggiava, i timpani animaleschi sapevano che il fast-food si stava rifornendo. Raramente si incontravano essendo tutti molto discreti e ... cauti. Come la maggior parte degli abitanti del villaggio ai quali non sfugge mai niente ogni fatterello viene registrato e eventualmente commentato dal fondovalle, fino all'ultima baita isolata nell'alpeggio più remoto in men che non si dica.

Dopo giorni di prove generali, Mimi, la signora delle crocchette riuscì a far entrare la micetta in una cesta metallica e con una mossa fulminea a chiudere lo sportello. Rimasero senza fiato sia la micia che Mimi. Quando accese poi il motore del vecchio fuoristrada, Pelosina con un urlo straziante gridò il suo orrore. Fu sterilizzata e dopo qualche giorno di degenza rivide il suo alpeggio. Con cautela uscì dalla cesta, poi come un lampo fuggì nella sua Casera e per settimane sparì. Mimi riempiva una scodella di leccornie davanti alla baita ogni giorno per trovarla intatta all'indomani. Micina riprese i contatti con questi perfidi umani un mese dopo. Non sembrava dimagrita né provata, soltanto estremamente distante, non era il caso di volerla avvicinare, soffiava ma non da arrabbiata, da duchessa altezzosa, consapevole della sua superiorità. Le fu dato il nome di Piuma per l'eleganza delle sue mosse e salti evanescenti.

Visse 17 anni nel suo alpeggio e morì di vecchiaia. Non familiarizzò mai veramente, ma fece sentire la sua presenza da guardiana dell'Alpe. Non si ammalò mai, grande cacciatrice di topi, uccelli, lucertole, regalò a noi umani la sua felinità, con una dignità straordinaria.

L'autore

Evelyne Nicod è conosciuta per le sue creazioni artistiche legate al mondo felino, dipinti, acqueforti e illustrazioni di prodotti commerciali, come calendari, biglietti, cartoline, chiudipacco, segnaposto, segnalibri, carte da gioco, scacchi, tarocchi, zodiaco e molto altro, per le edizioni "Gatteria".

Dipinti, acqueforti, ex libris, bibliografia, recensioni, filmati, su www.gatteria.it

Ha pubblicato una ventina di racconti nei calendari attuali, e molti ebook con le sue immagini.

LIBRI (PAPERBACKS) RECENTI SU AMAZON

Carpe diem
Villa Celeste
Mestiere: gatto
Schizzi e ritratti
Amitié en parallèle
Da un gatto all'altro
I 12 segni dello zodiaco
Le monde d'Alice Moprez
Le 26 lettere dell'alfabeto
I tarocchi in 22 arcani maggiori
24 esquisses et portraits de femmes

Evelyne Nicod è pittrice, illustratrice, incisore d'acqueforti.

Il suo sito: http://www.gatteria.it

facebook.com/gatteria/

info@gatteria.it

instagram.com/evelyne.nicod

EBOOKS tutti illustrati:
Mestiere gatto 18 racconti illustrati. (IT)
Les tarots du chat in 12 arcani maggiori (IT, FR)
Lo zodiaco (IT, FR)
Lo zodiaco in acquaforte (IT, FR)
Scacco gatto in due mosse due novelle e molte illustrazioni
Calendario annotabile 2012 (IT, EN)
Calendario annotabile 2013 (IT, EN)
Calendario 2015 (IT)
L'alfabeto gattesco (IT, EN, FR, DE)
Ciccia, un gatto on the road again (IT)
The national Gattery (EN)
Italian Cats, an unusual Deck of cards (EN)

Disponibili su Amazon, Kobo, Google Books.

EVELYNE NICOD note per una biografia

Pubblicato integralmente su EX LIBRIS, n. 17-18, Luglio-Novembre 1991, pag 281-283
Autore dei testi: Rodolfo Pardi
Autore delle immagini: Evelyne Nicod

" Perché incide solo gatti?" Questa domanda è la più usuale di quelle rivolte a Evelyne Nicod, e tra le varie ragioni, perché non ce n'è mai una soltanto, quella più centrata e plausibile è la seguente, che caratterizza la biografia di Bichet, incisore francese di paesaggi, liberamente interpretata:

Lo sguardo del pittore sulla realtà è la sorgente elementare della sua emozione e della sua inspirazione. Da ciò nascono tutte le strade della pittura. Dalla fedeltà scrupolosa all'apparenza delle cose fino all'astrazione totale, tutto è possibile, tutto è permesso, e se, nel mondo delle forme, tutte queste vie sono ugualmente affascinanti, il pittore sa che è vano disperdersi e che può seguire un solo solco. Chi potrebbe dire le ragioni profonde che conducono a una via piuttosto che a un'altra?

Come complemento di quanto sopra c'è il fatto che nell'evoluzione di una vita, gli interessi e gli stimoli cambiano, con un andamento mai scontato, ed una progressione che tiene conto di ciò che comunemente ricade nel concetto di esperienza.

E ben possono essere considerati una vita i quasi 50 anni di Evelyne Nicod, vita dedicata all'arte nelle sue diverse espressioni. E, sia detto onestamente, c'è sempre una sorta di casualità, legata a un momento particolare, nel fatto che in un determinato momento, ci si spinga con determinazione in una attività fino a quel momento solo sfiorata o vagamente immaginata.

E con una sequenza tipica dell'introduzione alla faticosa arte dell'incisione anche nel caso di Evelyne Nicod, questa passione per una tecnica che data da almeno 5000 anni, è cominciata quando un incisore ancora attivo nell'acquaforte, Guido De Rossi, le ha consegnato una lastra di rame protetta da vernice e una punta ammanicata, dicendo: prova.

Mentre molti dopo un primo tentativo, cedono le armi e buttano la punta, Evelyne Nicod si è appassionata, ed in questo momento, dopo 12 anni di lavoro e più di 200 lastre incise, acidate e stampate personalmente, si può considerare situata tra i pochi seri professionisti e protagonisti di questa specializzazione.

Professionalmente per il mestiere acquisito nella tecnica, e artista per la creatività, in questo momento umoristica, della sua produzione.

L'incisione diretta sulla lastra, partendo al massimo da uno schizzo grossolano, risulta in una freschezza eccezionale non smorzata dall'avere in precedenza sviluppato a fondo una scena, e ciò è possibile grazie alla fermezza di mano ed alla fantasia, che evitano tediose correzioni sovente di risultato mediocre.

Perché solo gatti? La risposta più vera è, perché non creano angoscia.

Nei vari tipi di approccio di un artista al problema economico, quello scelto da Evelyne Nicod è stato quello principalmente del contatto diretto con il fruitore dell'opera, nel caso di mostre o della vendita nel suo studio "gatteria".

Il contatto con il visitatore, con un discorso che ruota intorno al significato dell'immagine, può essere deviato nella direzione preferita nel caso in cui l'immagine abbia contorni relativi a soggetti reali, e il tipico visitatore vede solo un gatto ed ha quindi un approccio senza aggressività o angosce.

In realtà il gatto è contornato da un mondo di ambienti e di oggetti che fanno apparentemente da contorno, ma si integrano in realtà in una scena globale.

I significati, gli agganci alla vita erano molto più evidenti nel precedente periodo di dipinti a china colorata, nei quali chi faceva da protagonista erano alberi, solitamente spogli, con un mondo sotterraneo di radici, abitato da topolini e insetti, mentre la superficie era il regno del gufo.

Anche questa tecnica, sviluppata quasi fino all'ossessione, dava la predominanza al segno, integrato da colori di china, trasparenti o coprenti, che non perdonano l'errore: applicata su una tela a trama finissima, consente un segno pulito, senza inciampi dati dalla trama, e quindi tutti i dettagli desiderati.

Nel periodo ancora precedente, predominavano gli oli su carta di nudi stilizzati, con una ricerca esasperata di innumerevoli sfumature di grigio: risultato di una istruzione all'Accademia di Belle Arti, quando questa ancora preparava a una carriera di artista con un concreto, adeguato allenamento alle tecniche manuali, invece di indirizzare come adesso a diventare semplicemente un critico d'arte.

Gli intensi studi di nudo, il lavoro quotidiano legato alla comprensione delle opere di Duchamp, hanno dato quella base di conoscenza e di abilità nel maneggio del segno, della forma e del colore, che ha sostenuto le attività affrontate di seguito

La frequentazione dell'Accademia di belle Arti di Besançon, ha permesso mediante una severa pratica multidisciplinare di sgrossare le ingenuità della gioventù, affinare il gusto, conoscere il passato ed acquisire la necessaria abilità delle mani a dare forma e contorni a ciò che immagina la testa.

In seguito la frequenza alla Scuola di Arti Applicate a Vevey in Svizzera, ha perfezionato gli aspetti grafici, la precisione e l'attitudine al lavoro serio del professionista.

L'avere frequentato la S.Martin School of Art di Londra ha consentito di conoscere mondi e tradizioni diverse, e quella di Brera a Milano di entrare a conoscenza delle basi della critica d'arte in Italia.

Dopo avere sviluppato nel senso di quanto appreso di accademico e tradizionale, le sue opere assumono contorni innaturali e fiabeschi, pur sempre riconducibili ad immagini con presenza di alberi, animali, e raramente il personaggio uomo.

Mondi incantati, in parte con significati positivi, in parte negativi, con tonalità sempre tendenzialmente monocromatiche e con il segno che la fa da padrone.

A causa della tecnica laboriosa che obbliga a tempi di realizzazione che per le opere più grandi supera il mese, difficilmente le dimensioni delle sue creazioni hanno superato i 50 x 70 cm.

La partecipazione a concorsi e mostre le ha consentito progressivamente di confrontarsi con il pubblico e di riflettere sulla propria evoluzione.

In questo momento il centro dell'attività è l'incisione all'acquaforte, su lastra di zinco, con più morsure lente che aiutano a realizzare i diversi piani, con zone incrociate a realizzare neri pieni non scoppiati, con zone di tratto sottilissimo, che limitano automaticamente la tiratura prima che scompaiano: il tutto utilizzando solo una vecchia puntina da 78 giri, e lasciando inutilizzati nella loro scatola delle serie di attrezzi appuntiti di impiego specifico. Il colore viene dato a poupee, con mescole opportune, pulizia con garze, velature. Fogli unici di carta a mano, derivanti dall'acquisizione di un campionario di uno stampatore alla fine dell'attività, contribuiscono a dare un'apparenza unica alle sue opere.

Da qualche anno realizza anche soggetti su commissione, biglietti da visita, biglietti di auguri, ex-libris, sempre con tema il gatto, ha realizzato tre serie di tarocchi con il gatto come protagonista, rispettando i simbolismi, ed un mazzo di carte tradizionali; un teatrino; sagome a tempera; segnalibri; calendari.

Una grossa spinta ad una attività febbrile è data dal fatto che il laboratorio e i torchi sono nello scantinato della sua abitazione rendendo facile ed immediata la sperimentazione, così come la casa immersa negli olivi in un paese praticamente disabitato nei mesi invernali lascia ampio spazio al lavoro.

Esistono comunque due attori principali, che fanno da protagonisti, una matura gatta di 9 anni che risponde al fischio, ed una giovane cacciatrice dal viso a maschera: oltre al contributo dei visitatori della galleria che raccontano le loro esperienze o invenzioni, come quella del gatto che riceve una pensione, o la ragazza che fa le fusa con la trachea, o del circo di gatti sulle spiagge della California, o la gatta Mosè salvata dalla pioggia.

Tutto ciò offre spunti continui, con idee di situazioni e soggetti, e sembra che il tempo non sia mai sufficiente per tutti i progetti, in particolare per quelli di più ampio respiro.

Illustrano il presente articolo delle opere recenti eseguite all'acquaforte, in particolare un biglietto da visita, un ex-libris e un biglietto augurale.

Nota del 2022: immaginatevi quanto creato nei successivi trent'anni!

BIGLIETTO DI SOLA ANDATA
però in prima classe

Giulia nasce in Italia, la sua famiglia si trasferisce in Francia dopo la seconda guerra mondiale.

La bambina fa fatica a ambientarsi, preferisce il suo paese di origine, vuole studiare e diventare giornalista in Italia. Viaggia in tutto il mondo, torna a vivere a Milano da single, una vera solitaria per scelta.

La sua vita sentimentale è libera, niente legami. Però scopre a cinquanta anni che il suo corpo ha le sue esigenze e corre, anzi si precipita ai ripari.

Mai troppo tardi per volersi un po' di bene. Arriva la vecchiaia, il confinamento, c'est la vie …

La vecchiaia risveglia i sogni nel cassetto delle protagoniste delle due ultime novelle. Una restaura libri e oggetti, le due altre coniugano le loro capacità, per creare un'attività di comunicazione lucrativa e gustativa.

Je suis un arbre .
Mon feuillage débonnaire
Abondant et généreux,
Attire toujours les amoureux
Mon parfum ensorcelant
Fait le délice des passants
Depuis un siècle les saisons
Ont renforcé ma conviction
Qu'être un tilleul est ma vocation

Ciccia
on the road again

avete guardato bene le
olimpiadi di Londra ...
da maratona? c'ero
anch'io ....

CAT•A•LOGUE

24 Esquissses
et portraits de femmes
PAPERBACK ACQUISTABILE SU:
http://www.amazon.it/dp/B08NCCPLCR/

Villa Celeste
ed altre storie
PAPERBACK ACQUISTABILE SU:
http://www.amazon.it/dp/B08W7JH7RL/

Da un gatto all'altro
un'antologia
PAPERBACK ACQUISTABILE SU:
http://www.amazon.it/dp/8887709971

Biglietto di sola andata
però in prima classe
PAPERBACK ACQUISTABILE SU:
http://www.amazon.it/dp/8887709939/

Le monde d'Alice Moprez
PAPERBACK ACQUISTABILE SU:
http://www.amazon.it/dp/B08CG2RWCK/

dai calendari 2003-2020
Mestiere:gatto
18 racconti illustrati
PAPERBACK ACQUISTABILE SU:
http://www.amazon.it/dp/8887709564

COPYRIGHT

Tutti i diritti riservati in accordo alle Convenzioni Internazionali sul Copyright.

Potete lasciare una recensione su Amazon che sia di aiuto nella scelta ai visitatori? Abbiamo bisogno dei vostri feedback per migliorare la prossima versione.

Questo volume è stato impresso nel marzo 2022 da Amazon

www.ingramcontent.com/pod-product-compliance
Lightning Source LLC
Chambersburg PA
CBHW070003180726
48002CB00019B/1888